RUDYARD KIPLING

CAPITANES INTRÉPIDOS

Título: Capitanes intrépidos
Título original: *Captains Courageous*
Autor: Rudyard Kipling

© Edimat Libros, SA
C/ Primavera, 10, nave 35
28500 Arganda del Rey
Madrid-España
www.edimat.es

Traducción: Realizada o adquirida por equipo editorial
Introducción: Rocío Pizarro
Diseño e ilustraciones de cubierta: Karakachoff Estudio
Ilustración de cubierta: Koff para Karakachoff Estudio

ISBN: 978-84-9794-609-4
Depósito Legal: M-7777-2025

Impreso en España - *Printed in Spain*

INTRODUCCIÓN

Rudyard Joseph Kipling nació en Bombay el 30 de diciembre de 1865, hijo del artista John Lockwood Kipling y de Alice Kipling (de soltera, Macdonald), cuñada del artista Edward Burne-Jones. En 1871 le llevaron a Inglaterra con su hermana, Alice Macdonald Kipling («Trix»), para alojarse en Lorne Lodge en Southsea, donde aguantó cinco años miserables que recordaba con profunda amargura. En enero de 1878 entra en el *United Services College*, recién fundado, en Westward HO, cerca de Bideford, Devon, que describió en *Stalky & Co.*, en el cual él se proyecta a sí mismo como «el escarabajo extraordinario». En 1880 encuentra a Florence Garrard, de la que se enamora; ésta se aloja con su hermana en Southsea y le sirvió de modelo para Maisie en su obra *En tinieblas*. Llegó a ser redactor del *United Services College Chronicle* en 1881. Dejó el colegio en el verano de 1882 y embarcó hacia la India el 20 de septiembre. Llegó a Bombay el 18 de octubre para empezar a trabajar en la *Civil and Military Gazette* de Lahore, escribiendo historias y noticias. En 1889, poco después de publicar *Cuentos de las colinas* y *Tres soldados,* regresó a Londres, donde alcanzó el éxito literario después de publicar *En tinieblas* (1890) y *Canciones de cuartel* (1892). Ese año se casó con una americana, Caroline Ballestier, y se trasladó con ella a Vermont, donde vivieron cuatro años y durante ese tiempo escribió *El libro de la selva*. Los Kipling regresaron a Inglaterra en 1896 y se instalaron en Sussex, donde escribe *Puck, el de la colina de Pook* (1906) y *Prodigios y recompensas* (1910). Otros libros infantiles como *El libro de la selva* (1894) y *Precisamente así* (1902) se escribieron para los dos hijos de Kipling. John Kipling, su hijo, se dio por perdido el primer día en acción de la Guardia Irlandesa en la batalla de Loos, el 27 de septiembre de 1915. Una sensación de

vacío amargo invadió la obra de Kipling después de esta trage-
dia. Llegó a ser miembro de la *Comisión Imperial de Tumbas de
Guerra* en 1917. Se negó a aceptar el galardón de poeta laureado
y otros honores civiles. Sin embargo, recibió títulos honorarios
de las universidades de Cambridge, Durham, Edinburgo, McGill,
Oxford, la Sorbona y Estrasburgo, y fue el primer inglés al que se
le concedió el Premio Nobel de Literatura (1907). Murió el 18 de
enero de 1936. Su autobiografía inacabada, *Algo sobre mí mismo
para mis amigos conocidos y desconocidos,* se publicó póstuma-
mente en 1937.

OTRAS LECTURAS

A. WILSON: *The Strange Ride of Rudyard Kipling,* 1977.
C. E. CARRINGTON: *Rudyard Kipling: His Life and Work,* 1955,
3.ª edición, rev. 1978.
G. ORWELL: Rudyard Kipling, *Horizon,* 1942 (disponible en
The Decline of the English Murder & Other Essays, 1965).
LORD BIRKENHEAD: *Rudyard Kipling,* 1978.
R. KIPLING: *Something of Myself,* 1937.
S. S. HUSAIN: *Kipling and India,* 1965.

CAPITANES INTRÉPIDOS

Quién mejor que el propio Kipling para narrarnos el origen
de la obra que nos ocupa, para ello recogemos a continuación un
fragmento de su libro autobiográfico, *Algo sobre mí mismo,* donde
nos cuenta cómo la ayuda del doctor Conland, al cual había conocido durante su estancia en Vermont, fue crucial para la redacción
de *Capitanes intrépidos:*

«Una o dos veces fuimos a Gloucester (Massachussets), durante el verano, y asistí al funeral que se dedica anualmente a
la memoria de los marineros ahogados o desaparecidos, pertene-
cientes a la flota de goletas que se dedican a la pesca del bacalao.
Gloucester era entonces la capital de esta industria.

Ahora bien: nuestro doctor Conland había servido, durante su
juventud, en aquella flota. Llevado de una cosa a otra, como suele

ocurrir en este mundo, me embarqué en un libro titulado *Capitanes intrépidos*. Mi contribución consistió en escribirlo, pero él me facilitó los detalles. Este libro nos llevó a la playa, a los muelles en forma de T del puerto de Boston y a las raras comidas de las posadas frecuentadas por marinos, donde él remozó su juventud con antiguos compañeros o sus familiares. Abordamos todas las embarcaciones que parecían poder sernos útiles para nuestro intento, y nos divertimos lo indecible. Conland cogió grandes bacalaos y los cuchillos necesarios con los que se preparan para guardarlos en la bodega, y me hizo las necesarias demostraciones anatómicas y quirúrgicas para que yo no cometiese falta alguna al manejarlos en letra de molde. También desenterró viejas historias, así como la lista de las goletas desaparecidas que habían merecido su afecto, y yo me di un festín de detalles desenfrenadamente abundantes, no precisamente para su publicación, sino para mi simple alborozo.

Como si esto no bastara, cuando, hacia el fin de mi narración, me asaltó el deseo de que algunos de mis personajes se trasladaran de San Francisco a New York en un tiempo mínimo, escribí a un magnate ferroviario conocido mío preguntándole lo que haría en mi caso y aquel hombre excelente me envió un detalladísimo itinerario».

Como hemos podido comprobar en este extenso fragmento, Kipling, halló en el doctor Conland una fuente de experiencia y de información, la cual, de otra manera le hubiera sido muy difícil de obtener. Es más, tal vez si no se hubiera producido este encuentro, la obra no hubiera sido creada.

El argumento de la obra es muy sencillo y sencillo es, también, el estilo narrativo empleado por Rudyard. Un adolescente norteamericano soberbio y maleducado, criado en una buena familia, viaja con su progenitora en un transatlántico cuyo destino es Europa. El muchacho cae accidentalmente al mar, de donde es recogido por un barco que se dedica a la pesca del bacalao. Durante el tiempo que se ve obligado a permanecer en el barco, tiene que trabajar como grumete. El joven termina por adaptarse a esa vida tan dura y por obtener el respeto de sus compañeros de fatiga.

Finalmente, el joven puede ponerse en contacto con sus padres, quienes se alegran enormemente de que continúe con vida y del gran cambio de actitud que su hijo ha experimentado.

Con este final, Kipling, trata de transmitirnos la idea de que el hombre no nace de una manera determinada, sino que son los acontecimientos y circunstancias las que hacen y forman a un hombre. La novela de Kipling es, hasta cierto punto, una novela moralizante, en la cual el joven muchacho ha de plegarse y reaccionar a una realidad que se impone. Nuestro protagonista es un joven soberbio y egoísta, el cual no pretende otra cosa que vivir de la fortuna familiar. La imposibilidad de valerse de su peso social y económica dentro del sistema cerrado y categórico de la vida en el barco, hace que nuestro joven protagonista reflexione sobre sus propios valores y modifique así su propia conducta de una manera permanente. Kipling parece enfrentarse aquí con la tan manida polémica sobre la influencia determinante, o no, de la herencia genética, por lo que parece decantarse a favor de la supremacía de la educación y el ambiente, aunque eso sí, con unos límites.

La novela está contada por un narrador en tercera persona, del cual desconocemos su posición dentro de la novela, éste no es siempre objetivo y a veces nos sorprende con sus opiniones y enjuiciamientos, presentándose como una voz omnisciente y omnipresente, conocedora de los sentimientos y pensamientos de todos y cada uno de los personajes que aparecen a lo largo de toda la obra. Es un narrador que condiciona nuestra visión de los hechos, con sus comentarios y posturas, que a veces muestran contenidos claramente reaccionarios. Pero a pesar de esta comprometida figura, el lector puede obtener una lectura «objetiva» de los hechos por la enorme cantidad de diálogos y descripciones de índole aséptica.

Disko Tropo, patrón del barco bacaladero, es el encargado de educar al joven protagonista. Desde el principio ve en este algunas cualidades positivas que piensa que puede desarrollar y fomentar. No es sólo un personaje que conoce bien su trabajo, sino que también posee una cierta sabiduría acerca de la vida en general. Disko representa el orden, la ley y la disciplina. Nuestro joven protagonista ve en él el padre comprensivo y preocupado por su educación que él nunca tuvo.

En el seno de la obra encontramos diferentes apartados narrativos:

El primer apartado que nos introduce en la historia y nos acerca a la primera impresión del protagonista. Este primer bloque va desde el principio de la novela hasta el momento en el que el muchacho se cae al mar.

El segundo y más extenso apartado, abarca todos los acontecimientos que le acaecen a nuestro joven héroe, una vez que es recogido por los pescadores hasta que el barco regresa al puerto.

El tercer apartado narrativo, que comienza con la llegada del joven protagonista a su hogar y concluye con la despedida de los pescadores.

Y un cuarto apartado, bastante sucinto, que nos adelanta los acontecimientos futuros y bien encaminados de nuestro protagonista.

La narración en líneas generales presenta un orden lineal que sólo se ve roto por un par de retrocesos en el pasado y un salto en el tiempo hacia el futuro, éste ya en la última parte.

A lo largo de la novela se advierte una clara preocupación por el lenguaje. Una novela que pretende ser pedagógica y moralizante, debe de encargarse de utilizar el vehículo adecuado para hacer llegar de manera inequívoca su mensaje. El lenguaje utilizado por Kipling, es un lenguaje directo y sin ambages. Tan sólo en aquellas partes que se requiere por exigencias de la trama misma, un lenguaje más específico, como es el lenguaje de los marineros, cuyo mundo está lleno de utensilios que aquellos que no están involucrados directamente en este ambiente, desconocen por completo, se echa mano de un vocabulario concreto y muy limitado. Pero Kipling, en su afán pedagógico, logra hacer de este mundo un mundo legible y cercano al lector. El lector va, paulatinamente, asimilando todo ese nuevo vocabulario. Al final de la obra el lector puede competir en conocimientos teóricos con cualquier viejo lobo de mar. Por lo que podemos comprobar que el doctor Con-

Rudyard Kipling

land, del cual hablábamos al comienzo de este estudio, realizó un buen trabajo como fuente de documentación.

Capitanes intrépidos se publica en 1897, poco después de que Kipling hubiera abandonado Norteamérica y hubiera regresado a Inglaterra. Kipling gozaba ya de un enorme éxito como escritor, aunque aún no había escrito la que algunos críticos consideran su mejor obra, *Kim*. Habían pasado ya más de diez años desde que Kipling descubriera en la literatura y la escritura como un camino de salvación. En sus memorias nos cuenta:

«Sucedió una tarde de la época calurosa, hacia el año 1886, cuando ya me creía llegado al límite de mi capacidad de sufrimiento. Al entrar en mi vacía casa, al atardecer, nada había en mi espíritu, salvo el horror de una gran tiniebla con la que debía de haber luchado durante diversos días. Atravesé con vida esa tiniebla, pero ignoro cómo fue. Ya muy avanzada la noche, cogí un libro de Walter Besant, titulado *Todos en un lindo jardín*. Su protagonista era un muchacho a quien acuciaba el afán de escribir; advertía las posibilidades que ofrecen al artista las cosas más corrientes y, al fin, lograba satisfacer su gran deseo. Ignoro los méritos de aquel libro, juzgados según el criterio literario de hoy. Pero sé perfectamente que fue mi salvación en un momento de terrible necesidad, y, leyéndolo y releyéndolo, se convirtió para mí en una revelación, una esperanza y un manantial de energía».

Aunque antes de que sucediera este acontecimiento tan importante en la vida de nuestro autor, Kipling, ya había escrito algunos relatos, fue este hecho el que le animó de una manera definitiva a emprender su carrera como escritor. Kipling alcanzó la fama muy rápidamente y obtuvo el Premio Nobel de Literatura en 1907. Extrañamente, a partir de esta fecha fue cuando su prestigio y popularidad empieza a decrecer. El mundo estaba cambiando muy rápidamente y la escritura de Kipling parecía quedar anticuada.

Capitanes intrépidos, a pesar del olvido injusto al que parece haberse visto sometida la figura de Kipling, es una novela que se ha mantenido viva a lo largo de los años, incluso en algunos sectores es más conocida, que su obra cumbre, *Kim*. Esta novela pretende ser una obra ejemplar, exhibiendo unos valores que le han servido a Kipling para ganarse más de una crítica por parte de los sectores menos conservadores de la sociedad. Pero *Capitanes intrépidos,* no es sólo una novela pedagógica, también es una estupenda novela de aventuras, que hará disfrutar a todos los lectores que gusten de la narración clásica de la novela de acción y aventura.

CAPITANES INTRÉPIDOS

CAPÍTULO PRIMERO

La puerta de la sala de fumar se había dejado abierta a la niebla del Atlántico Norte, mientras el enorme barco de pasajeros cabeceaba y silbaba para avisar a la flotilla de pescadores.

—Ese chico, ese Cheyne, es el mayor fastidio a bordo —dijo un hombre con un abrigo de frisa, dando un portazo—. Aquí está de más. Es demasiado descarado.

Un alemán de pelo blanco tomó un sándwich y gruñó mientras masticaba:

—Conozco esa especie. Abunda en América. Creo que deberían permitir la libre importación de correas.

—¡Bah!, no es mal chico. Merece compasión más que otra cosa —dijo con voz cansina un neoyorquino que estaba tumbado cómodamente sobre almohadones bajo la claraboya—. Desde pequeño lo han llevado a rastras de hotel en hotel. Esta mañana estuve hablando con su madre. Es una dama encantadora, pero no confía en dirigirlo. Desea que termine su educación en Europa.

—La educación no ha empezado todavía —dijo un hombre de Filadelfia acurrucado en un rincón—. A ese chico le dan doscientos dólares al mes para gastos personales, según me dijo. ¡Y todavía no tiene ni dieciséis años!

—Ferrocarriles, ¿no?, es lo que tiene su padre —dijo el alemán.

—Sí. Eso y también minas, aserraderos y barcos. El anciano se ha construido un palacio en San Diego, otro en Los Ángeles, posee media docena de ferrocarriles, la mitad de los bosques de la costa del Pacífico, y permite que su esposa gaste el dinero —continuó diciendo el de Filadelfia perezosamente—. Ella dice que el oeste no le sienta bien. Siempre va acompañada de su hijo y de sus nervios; me imagino que intentando averiguar lo que le divierte al hijo. Florida, Adirondacks, Lakewood, Hot Springs, Nueva York, y vuelta a empezar. Ahora no es más que un empleado de un hotel de segunda categoría. Cuando haya terminado en Europa será inaguantable.

—¿Por qué no se ocupa de él el anciano personalmente? —dijo una voz desde el abrigo amplio de frisa.

—El anciano está amasando fortuna. No quiere que se le moleste, me imagino. Descubrirá su error dentro de unos años. Una pena, porque el chico tiene buen fondo si se sabe llegar a él.

—¡Una buena correa, una buena correa es lo que necesita! —gruñó el alemán.

Una vez más se oyó la puerta y apareció un muchacho esbelto, de constitución delgada, con un cigarrillo a medio consumir colgando de los labios, ladeándose mientras avanzaba. Su tez amarillenta no correspondía a una persona de su edad y su mirada reflejaba indecisión, osadía y muy poca viveza. Vestía chaqueta y pantalones bombachos de color cereza, medias rojas, zapatos de ciclista y una gorra de franela roja. Después de silbar entre dientes, miró a la concurrencia y dijo con voz aguda:

—¡Vaya niebla que hay afuera! Se puede oír el ruido que hacen los botes de pesca que nos rodean. ¿No sería divertido hundir uno de ellos?

—¡Cierra la puerta, Harvey! —dijo el neoyorquino—. Cierra la puerta y quédate al otro lado de ella. Aquí estás de más.

—¿Quién me va a detener? —contestó a propósito—. ¿Ha pagado usted mi pasaje, señor Martin? Supongo que tengo el mismo derecho que cualquiera a estar aquí.

Sacó unos dados y empezó a lanzarlos de la mano derecha a la izquierda.

—Vaya, señores, esto parece un funeral. ¿Podemos echar una partida de póquer?

No hubo respuesta y él dio una calada a su cigarrillo, balanceando las piernas y golpeando con sus sucios dedos la mesa como si fuera un tambor. Entonces sacó un fajo de billetes, como si fuera a contarlos.

—¿Cómo está su mamá esta tarde? —dijo un hombre—. No la vi a la hora de comer.

—En su camarote, supongo. Siempre se marea en el mar. Le voy a dar quince dólares a la camarera para que cuide de ella. No bajaré más, si puedo evitarlo. Me resulta misterioso pasar por ese lugar de la antecocina. Bueno, ésta es la primera vez que estoy en el mar.

—¡Oh!, no te disculpes, Harvey.

—¿Quién se disculpa? Es la primera vez que cruzo el océano, caballeros, y, a excepción del primer día, no me he mareado. ¡No, señor! —bajó el puño dando un golpe triunfal, se humedeció el dedo y continuó contando los billetes.

—¡Oh!, usted es un hombre de primera clase, y se ve a simple vista —dijo el de Filadelfia, bostezando—. Se convertirá en un hombre de mérito para su país si no se descuida.

—Lo sé. Soy americano por encima de todo y en toda ocasión. Se lo demostraré cuando regrese de Europa. ¡Bah!, se me ha acabado el pitillo. Soy incapaz de fumar lo que vende el camarero. ¿Algún caballero lleva tabaco turco?

El jefe de máquinas entró un momento, enrojecido, sonriente y mojado.

—Vaya, Mac —exclamó Harvey con alegría—, ¿cuándo vamos a chocar?

—Todo va como debe ir —fue la respuesta con acento grave—. Los jóvenes son tan educados como siempre con sus mayores, y los mayores están intentando apreciarlo.

En un rincón se oyó una leve risita. El alemán abrió su pitillera y le ofreció a Harvey un cigarrillo largo de tabaco negro.

—Esto le gustará más, mi joven amigo —dijo—. ¿Lo probará? ¿Sí? Luego se sentirá feliz.

Harvey encendió el pitillo con una sonrisa. Se sentía como si fuera a entrar en el mundo de los adultos.

—Se necesita algo más que esto para hacer que me arrodille —dijo, sin saber que estaba encendiendo uno de esos horribles Wheeling baratos.

—Pronto lo veremos —dijo el alemán—. ¿Dónde estamos, señor Mactonal?

—Justo aquí o por los alrededores, señor Schaefer —contestó el jefe de máquinas—. Llegaremos al gran banco esta noche, pero es por decir algo, porque ya estamos entre los barcos pesqueros. Desde mediodía hemos abordado a tres esquifes y casi hemos hundido a un barco francés.

—Le gusta mi cigarro, ¿eh? —preguntó el alemán al ver los ojos de Harvey llenos de lágrimas.

—Excelente, con mucho sabor —contestó entre dientes—. Parece que vamos más despacio, ¿verdad? Saldré a ver lo que dice el diario de navegación.

—Yo lo haría si fuera usted —dijo el alemán.

Harvey se tambaleó por la cubierta húmeda hasta alcanzar la barandilla más próxima. Se encontraba muy mal. Vio al camarero de cubierta amontonando sillas, y como anteriormente había presumido ante el hombre de que nunca se mareaba, su orgullo le llevó a la cubierta de segunda clase, a popa, que acababa en forma de caparazón de tortuga. La cubierta estaba desierta y a duras penas llegó al extremo, cerca del mástil. Allí se retorció de dolor avanzando con dificultad, porque el cigarro barato Wheeling se unió con el fuerte oleaje y las vibraciones de la hélice. La cabeza le estallaba. Chispas encendidas bailaban ante sus ojos, su cuerpo parecía perder peso, mientras que sus talones vacilaban en la brisa. Perdió el conocimiento a causa del mareo, y un cabeceo del barco le inclinó sobre la barandilla y cayó sobre el borde del caparazón de tortuga. Luego una suave ola gris surgió de la niebla, tomó a Harvey en su seno, por así decirlo, y lo tiró y arrastró lejos a sotavento. El profundo verde se lo tragó y él cayó en un profundo sueño. Le despertó el sonido de un cuerno como el que empleaban para llamar a cenar en el campamento al que asistió una vez en los Adirondacks. Lentamente recordó que era Harvey Cheyne, que se había ahogado y había muerto en medio del océano, pero estaba demasiado débil para relacionar las cosas. Un aroma nuevo le llegó a la nariz. Un escalofrío húmedo y gélido le recorrió la espalda y estaba empapado de agua salada. Al abrir los ojos, se dio cuenta de que estaba todavía por encima del mar, porque lo veía a su alrededor en colinas de plata, y estaba tumbado encima de un montón de pescado, mirando unas anchas espaldas cubiertas por un jersey azul.

—Esto no puede ser —pensó el muchacho—. Estoy muerto, seguro, y éste es el que se encarga de mí.

Gimió y la figura giró la cabeza, mostrando un par de pequeños anillos de oro casi ocultos entre su negro pelo.

—¡Ah! ¿Estás mejor ya? —dijo—. Quédate ahí tumbado. Navegaremos mejor —remando con rapidez llevó el bote a un mar sin espuma donde se elevó a veinte pies de altura y luego se hundió en un vítreo abismo. Pero esta ascensión de montañas no interrumpió la conversación del hombre del jersey azul—. Buen trabajo el de agarrarte, ¿eh? Aunque mejor trabajo fue el que tu barco no me agarrara a mí. ¿Cómo te caíste?

—Estaba mareado —dijo Harvey—, mareado y no pude evitarlo.

—Toqué mi cuerno justo a tiempo, y tu barco dio un bandazo. Entonces te vi caer. ¿Sabes? Pensé que mi hélice iba a hacerte picadillo, pero entonces subiste, subiste y te pesqué. Por esta vez no has muerto.

—¿Dónde estoy? —preguntó Harvey, quien no podía creerse que hubiera salvado la vida allí donde estaba.

—Estás conmigo en mi bote. Mi nombre es Manuel y vengo de la goleta We're Here de Gloucester. Vivo en Gloucester. Pronto servirán la cena. ¡Eh! ¿Qué?

Parecía tener dos pares de manos y cabeza de hierro porque, no contentándose con soplar por la caracola, tenía que mantenerse en pie, dirigir con el timón el bote de fondo plano y luego lanzaba gritos espantosos en medio de la niebla. Harvey no pudo recordar nunca cuánto tiempo duró este espectáculo, porque yacía de espaldas aterrorizado ante la visión del oleaje entre la niebla. Le pareció oír un disparo, un cuerno y gritos. Algo más grande que el bote, pero bastante más animado y voluminoso, se encontraba a su lado. Se oyeron varias voces a la vez. Le dejaron caer en un agujero oscuro, palpitante, donde hombres vestidos con impermeables le dieron una bebida caliente, le desnudaron y él se quedó dormido.

Cuando se despertó escuchó la campana para el primer desayuno en el barco, y se asombró al ver tan reducido su camarote. Se volvió y le pareció ver una cueva triangular estrecha, alumbrada por una lámpara que colgaba de una enorme viga. Una mesa de tres esquinas se extendía desde la proa hacia el mástil. Al otro lado, detrás de una estufa Plymouth muy usada, estaba sentado un muchacho de su edad más o menos, que tenía el rostro plano y rojo y unos brillantes ojos grises. Iba vestido con un jersey azul y botas altas de goma. En el suelo había varios pares del mismo tipo de calzado, una gorra vieja y algunos calcetines de lana desgastados. Impermeables negros y amarillos se balanceaban al lado de las literas. El lugar estaba tan lleno de olores como una bala lo está de algodón. Los impermeables tenían un olor intenso peculiar que se confundía con el olor a pescado frito, grasa quemada, pintura, pimienta y tabaco añejo. Pero éstos, a su vez, se veían envueltos en el olor del barco y del agua salada. Harvey vio con desagrado que no había sábanas en su cama. Estaba tendido sobre un sucio trozo de tela de colchón lleno de bultos y nudos. Después se dio cuenta de que tampoco el movimiento del barco era el del vapor. No se deslizaba ni se balanceaba sino que se movía de una forma alocada, sin rumbo, como un potro al extremo de una soga. El ruido del agua se oía muy cerca y el maderamen crujía y gemía a su alrededor. Todas estas cosas le hicieron resoplar de desesperación y pensar en su madre.

—¿Te encuentras mejor? —le preguntó el chico sonriendo—. ¿Quieres café? —le llevó una taza de hojalata llena y lo endulzó con melaza.

—¿No hay leche? —dijo Harvey, mirando a su alrededor a la oscura hilera doble de literas como si esperara encontrar allí una vaca.

—Bueno, no —contestó el muchacho—. Y probablemente no la tendremos hasta mediados de septiembre. No está tan malo el café. Lo he hecho yo.

Harvey bebió en silencio y el muchacho le ofreció un plato lleno de trozos de cerdo frito crujiente, el cual comió con voracidad.

—He secado tu ropa. Creo que se ha encogido un poco —dijo el muchacho—. No es como la nuestra. Ahora date una vuelta y mira si te duele algo.

Harvey se estiró en todas direcciones, pero no le dolía nada ni tenía heridas.

—Eso está bien —dijo el muchacho efusivamente—. Prepárate y sal a cubierta. Mi padre quiere verte. Soy el hijo del capitán, me llamo Dan, y soy ayudante del cocinero y hago a bordo todo lo que los hombres consideran demasiado sucio para ellos. No ha habido otro grumete a bordo desde que Otto se cayó por la borda, y sólo tenía veinte años, era holandés. ¿Cómo llegaste a caer con la calma que hay?

—No había calma —dijo Harvey malhumorado—. Había tormenta y me mareé. Supongo que caí por encima de la barandilla.

—Sí que hubo un poco de viento ayer y anoche —dijo el muchacho—, pero si ésa es tu idea de una tormenta... —silbó él—. Las conocerás de verdad antes de terminar el viaje. ¡Deprisa! Mi padre está esperando.

Como muchos chicos jóvenes desafortunados, Harvey no había recibido una orden directa en toda su vida. Nunca, al menos, sin largas explicaciones, algunas veces emotivas, sobre las ventajas de obedecer y las razones de la petición. La señora Cheyne vivía con el temor de hacer daño a su persona, lo cual, quizá, era la causa de que ella misma anduviera siempre al borde de un ataque de nervios. No entendía por qué debía esperarse de él que se diera prisa sólo por complacer a un hombre, y contestó así:

—Tu padre puede bajar aquí si es que tanto desea hablar conmigo. Exijo que me lleve a Nueva York enseguida. Le pagaré.

Dan abrió los ojos al comprender la enormidad y gracia de aquella broma.

—¡Oye, papá! —gritó por la escotilla del castillo de proa—, dice que si eres tan amable de bajar tú a verle si tienes tantas ganas de hablar con él. ¿Oyes, papá?

Respondió la voz más grave que Harvey oyera alguna vez procedente de un ser humano:

—¡Déjate de tonterías, Dan, y envíamelo!

Dan rio disimuladamente y le echó a Harvey sus zapatos de ciclista deformados. Había algo en ese tono procedente de cubierta que hizo que el muchacho ocultara toda su rabia y se consoló con la idea de revelar la historia de su fortuna y la de su padre durante el viaje de regreso a casa. Sin duda este rescate le convertiría en héroe entre sus amigos el resto de su vida. Subió a cubierta por una escalera vertical y llegó a tropezones a popa, pasando por encima de un montón de obstáculos, donde un hombre de baja estatura, robusto, con el rostro bien afeitado y unas cejas grises, estaba sentado en un peldaño de la escalera que llevaba al alcázar. La tormenta se había pasado por la noche, dejando a su paso un mar aceitoso, inmenso, y el horizonte salpicado de velas de una docena de barquitas de pesca. Entre ellas había unas cuantas manchas negras que mostraban el lugar en el que pescaban los botes. La goleta, con su vela triangular sobre el palo mayor, movía el ancla fácilmente, y a excepción del hombre del camarote superior que llaman «casa», el barco estaba desierto.

—Buenos días, o buenas tardes, debería decir. Has dormido noche y día, muchacho —tal fue el saludo de Troop.

—Buenos días —dijo Harvey. No le gustaba que le llamaran muchacho, y esperaba que le tuviera lástima por haberse salvado de ahogarse. Su madre se atormentaba cada vez que él se mojaba los pies, pero este marinero no parecía muy entusiasmado.

—Oigamos ahora tu historia. Sobre todo es providencial. ¿Cómo te llamas? ¿De dónde procedes? Dudamos que sea de Nueva York. ¿Adónde te dirigías? Dudamos que fuera a Europa.

Harvey dijo cómo se llamaba, el nombre del vapor y contó una breve historia de su accidente, y terminó ordenando que le llevaran de regreso a Nueva York inmediatamente, donde su padre les pagaría lo que ellos pidieran.

—¡Hum! —dijo el hombre afeitado, sin conmoverse lo más mínimo por lo que Harvey había contado—. No sé qué pensar de un hombre, o de un muchacho incluso, que se cae por la borda de un barco de ese tipo cuando reina la calma, y menos cuando su pretexto es que estaba mareado.

—¡Pretexto! —gritó Harvey—. ¿Supone que me caí por la borda por diversión, para llegar a su sucio barquichuelo?

—No sé cuál es tu idea de la diversión; no puedo contestarte, muchacho. Pero en tu caso, yo no llamaría así al barco que, gracias a la Providencia, ha sido tu salvación. En primer lugar es un pecado. En segundo lugar me molesta. Soy Disko Troop del We're Here de Gloucester, lo cual desconoces según me parece.

—Ni lo sé ni me importa —dijo Harvey—. Le agradezco haber salvado mi vida y todo eso, por supuesto; pero quiero que entienda que cuanto antes me lleve de regreso a Nueva York, mejor le pagaré.

—¿Qué significa eso? —Troop, con recelo, arqueó una de sus tupidas cejas sobre sus ojos azul claro.

—Dólares y centavos —dijo Harvey, deleitándose al pensar que estaba impresionándole—. Dólares y centavos —metió la mano en uno de sus bolsillos y sacó estómago, que era su manera de engrandecerse—. Ha tenido el mejor día de trabajo de su vida al salvarme. Soy el único hijo de Harvey Cheyne.

—Se sentirá honrado —dijo Disko secamente.

—Y si no sabe quién es Harvey Cheyne, es que no sabe mucho... Es igual. Ahora cambien de rumbo y dense prisa.

Harvey estaba convencido de que Estados Unidos estaba lleno de personas que hablaban de la fortuna de su padre y la envidiaban.

—Puede que sí y puede que no. Recoge velas, muchacho. Estás lleno de vituallas mías.

Harvey oyó una carcajada de Dan, quien fingía estar ocupado en el trinquete, y Harvey enrojeció.

—Pagaremos por ellas también —dijo—. ¿Cuándo supone que llegaremos a Nueva York?

—No voy nunca a Nueva York, ni siquiera a Boston. Podremos ver Eastern Point en septiembre más o menos. Con respecto a tu padre, siento mucho no haber oído hablar de él. Puede que me dé diez dólares después de todo lo que has hablado, o quizá no me dé nada.

—¡Diez dólares! Mire aquí, yo.... —Harvey buscó en el bolsillo el fajo de billetes. Todo lo que sacó fue un paquete de cigarrillos empapados.

—No es moneda legal y es malo para los pulmones. Tíralos por la borda, muchacho, e inténtalo de nuevo.

—¡Me han robado! —gritó Harvey acaloradamente.

—¿Entonces tendrás que esperar a ver a tu papá para recompensarme?

—Ciento treinta y cuatro dólares... me los han robado —dijo Harvey, buscando como un desaforado en los bolsillos—. Devuélvamelos.

El rostro endurecido de Troop sufrió un curioso cambio.

—¿Qué podías haber hecho tú, a tu edad, con ciento treinta y cuatro dólares, muchacho?

—Es parte de mi paga... mensual —Harvey pensó que sería un golpe fulminante y lo fue... indirectamente.

—¡Oh!, ciento treinta y cuatro dólares, y es sólo parte de tu paga... ¡de un mes! No recuerdas haberte golpeado con algo cuando te caíste, ¿verdad? Chocar contra algún montante, digamos. El viejo Hasken del Viento del Este (Troop parecía hablar para sí mismo) viajaba encima de una escotilla y se dio un cabezazo contra el mástil, muy fuerte. Unas tres semanas después, el viejo Hasken creía que el Viento del Este era un barco de guerra y declaró la guerra en la isla Sable, porque era británica y los bancos estaban demasiado alejados. Le metieron en un saco de dormir y lo cosieron, dejando libres solamente la cabeza y los pies, y fue así el resto del viaje. Ahora está en su casa de Essex jugando con muñecas de trapo.

Harvey no podía hablar de la rabia y de la ira, pero Troop continuó consolándole:

—Lo sentimos por ti. Lo sentimos mucho por ti... y tan joven como eres. Confío en que no hablaremos más del dinero.

—Por supuesto que no. Usted lo robó.

—De acuerdo. Nosotros te lo robamos, si eso te consuela. Y ahora, hablando de regresar, suponiendo que nosotros pudiéramos hacerlo, lo cual no podemos, tú no estás en condiciones de volver a casa y nosotros acabamos de llegar a los bancos a trabajar para ganarnos el pan. Nosotros no vemos ni cincuenta dólares al mes, y no para gastos personales precisamente. Con buena suerte regresaremos a casa a principios de septiembre.

—Pero... ahora es mayo, y yo no me puedo quedar aquí sin hacer nada sólo porque ustedes deban pescar. No puedo, le digo.

—En serio o en broma, en broma o en serio. Nadie te pide que hagas nada. Hay muchas cosas que puedes hacer. Otto se cayó por la borda en Le Have. Creo que perdió el equilibrio en una tormenta que encontramos allí. De todos modos nunca regresó para desmentirlo. Tú te has presentado como algo providencial. Creo que podrías hacer algunas cosas. ¿No es así?

—Podré hacerlo con mucho gusto por usted y por su tripulación cuando lleguemos a la costa —dijo Harvey con un movimiento de cabeza malicioso, murmurando vagas amenazas sobre piratería, ante lo cual Troop casi sonrió, aunque no del todo.

—Porque hablas mucho, olvidaré eso. No hablarás más de lo que tienes ganas o no a bordo del We're Here. Mantén los ojos abiertos y ayuda a Dan a hacer todo lo que se le ordene, y fíjate bien. Aunque no lo vales, te daré diez dólares y medio al mes. Recibirás treinta y cinco dólares al terminar el viaje. Un poco de trabajo te despejará la mente y después nos hablarás de tu padre, de tu madre y de tu dinero.

—Ella continúa en el barco —dijo Harvey con los ojos llenos de lágrimas—. ¡Lléveme a Nueva York de una vez!

—¡Pobre mujer... pobre mujer! Cuando regreses se le olvidará todo. En total somos ocho en el We´re Here, y si regresáramos ahora perderíamos la estación, ya que sería necesario viajar mil millas. Aunque yo estuviera de acuerdo, los hombres no lo permitirían.

—Pero mi padre compensará sus pérdidas.

—Lo intentará. No dudo que lo intentará —dijo Troop—, pero la pesca de toda una estación es el pan de ocho hombres. Tendrás mejor salud cuando vuelvas a verle. Ve con Dan y ayúdale. Diez dólares y medio al mes, he dicho, y, por supuesto, todo en un fondo hasta el final del viaje, igual que los demás.

—¿Quiere decir que voy a fregar cacharros y cosas así? —preguntó Harvey.

—Y otras cosas. No tienes por qué gritar, muchacho.

—¡No lo haré! Mi padre le dará dinero suficiente para comprar diez veces esta sucia caja de pescado —dijo Harvey dando patadas sobre la cubierta—, si me lleva a Nueva York, seguro, y..., y... ya tiene ciento treinta dólares míos de todas formas.

—¿Cómo? —dijo Troop oscureciéndose su rostro férreo.

—¿Que cómo? Sabe cómo bastante bien. Por encima de todo, usted quiere que haga trabajos serviles hasta el otoño —Harvey se sintió orgulloso de emplear ese adjetivo—. Y yo le digo que no los haré. ¿Me oye?

Durante un instante Troop contempló con profundo interés la parte superior del palo mayor mientras Harvey arengaba a su alrededor con furia.

—¡Ay! —dijo finalmente—. Pienso en mis responsabilidades. Es cuestión de calcular.

Dan se acercó sigilosamente y agarró a Harvey por el codo.

—No intentes enfadar más a mi padre —alegó—. Le has llamado ladrón dos o tres veces y eso no se lo consiente a nadie.

—¡No lo haré! —dijo Harvey casi gritando, indiferente al consejo, mientras Troop meditaba todavía.

—Pareces muy poco amable —dijo al final, dirigiendo su mirada hacia Harvey—. No te culpo, ni un tanto así, muchacho, ni tú me culparás a mí cuando se te pase ese ataque de bilis. ¿Seguro que comprendes lo que digo? Diez dólares y medio como segundo grumete de la goleta, y en un fondo hasta el final, por enseñarte y por el bien de tu salud. ¿Sí o no?

—¡No! —dijo Harvey—. Lléveme de regreso a Nueva York o le veré....

Nunca recordó lo que vino a continuación. Él estaba tendido en el imbornal, agarrándose la nariz sangrante, mientras Troop le miraba con calma.

—Dan —dijo a su hijo—, no me gustó este muchacho cuando le vi por primera vez. Nunca te dejes llevar por la primera impresión, Dan. Ahora lo siento por él, porque está trastornado por su superioridad. Él no es responsable de los nombres que nos dio, ni de sus otras afirmaciones, ni siquiera de saltar por la borda, de lo cual estoy casi convencido que hizo. Tienes que ser amable con él, Dan. Te daré el doble que a él. El sangrar despeja la mente. ¡Lávale!

Troop bajó al camarote con solemnidad, donde dormían él y los más ancianos, dejando que Dan consolara al desafortunado heredero de treinta millones de dólares.

CAPÍTULO II

—Te lo advertí —dijo Dan, mientras espesas gotas de sangre caían deprisa sobre las tablas oscuras y grasientas—. Rara vez se porta así mi padre, pero tú te lo has ganado. ¡Bah! No tiene sentido ponerse tan frenético —los hombros de Harvey subían y bajaban a impulsos de sus sollozos—. Sé lo que se siente. La primera vez que me pegó mi padre fue también la última. Fue en mi primer viaje. Hace que te sientas mareado y solo. Lo sé.

—Es cierto —dijo Harvey gimiendo—. Ese hombre es un loco o un borracho, y yo no puedo hacer nada.

—No hables así de mi padre —susurró Dan—. No bebe alcohol, y... además él me dijo que tú eras el loco. ¿Por qué diablos le llamaste ladrón? Es mi padre.

Harvey se sentó, se limpió la nariz y le contó la historia de la pérdida de su fajo de billetes.

—No estoy loco —concluyó diciendo—. Lo que ocurre es que tu padre nunca ha visto más de cincuenta dólares juntos, y mi padre podría comprar un barco como este todas las semanas.

—Tú no sabes lo que vale el We´re Here. Tu padre tiene que tener un montón de dinero. ¿Cómo lo consiguió? Papá dice que los locos inventan historias que parecen verdad. Adelante.

—Con minas de oro y otras cosas, en el Oeste —dijo Harvey.

—He leído algo sobre esa clase de negocio. ¿Fuera del Oeste también? ¿Va por ahí con una pistola y un caballo, como en el circo? Llaman a eso el Lejano Oeste y he oído decir que las espuelas y las bridas son de plata maciza.

—¡Eres tonto! —exclamó Harvey divertido—. Mi padre no usa caballos. Cuando quiere ir a algún sitio utiliza su coche.

—¿Cómo? ¿Un vagón de soldados? —preguntó Dan.

—No. Su vagón privado, por supuesto. ¿Has visto algún vagón privado en tu vida?

—Slatin Beeman tiene uno —dijo Dan con prudencia—. Le vi en la Union Depot en Boston, con tres negros alrededor —Dan quería decir limpiando las ventanillas—. Dicen que Slatin Beeman posee casi todos los ferrocarriles de Long Island y dicen que ha comprado la mitad de New Hampshire, lo ha cercado y lo ha llenado de leones, tigres, osos, búfalos y cocodrilos. Slatin Beeman es millonario. He visto su coche. ¿Vale?

—Bueno, mi padre es lo que se llama un multimillonario y tiene dos coches privados. Uno se llama como yo, Harvey, y el otro como mi madre, Constance.

—Continúa —dijo Dan—. Mi padre no me permite jurar, pero supongo que tú sí puedes. Continuemos, quiero que digas que esperas caer muerto si estás mintiendo.

—Por supuesto —dijo Harvey.

—Así no. Di: que me caiga muerto si lo que digo no es verdad.

—Que me caiga muerto aquí mismo —dijo Harvey—, si cada palabra que he dicho no es la más pura verdad.

—¿Lo de los ciento treinta y cuatro dólares también? —dijo Dan—. Te oí hablar de ello a mi padre, y yo te miraba como si te hubieran tragado, igual que a Jonás.

Harvey se quejó con el rostro enrojecido. Dan era un joven astuto y mantenía su postura, pero después de preguntar a Harvey durante diez minutos se convenció de que no estaba mintiendo. Además había hecho el juramento más terrible para la niñez, y sentado todavía en los imbornales, con la nariz enrojecida, narró maravilla tras maravilla.

—¡Caramba! —dijo Dan de corazón al final, cuando Harvey había terminado de contar todo sobre el coche que llevaba su nombre. Luego una sonrisa pícara de placer se extendió por su ancho rostro—. Te creo, Harvey. Mi padre se ha equivocado por primera vez en su vida.

—Ya lo creo —dijo Harvey, quien estaba meditando una venganza inmediata.

—Se volverá loco. Mi padre detesta confundirse en sus juicios —Dan se tumbó de espaldas y se daba palmadas en el muslo—. ¡Oh, Harvey!, no insistas más.

—No quiero que me tumbe de nuevo de un golpe, aunque me desquitaré.

—Nunca supe de ningún hombre que se desquitara con mi padre. Pero ten por seguro que te pegará de nuevo. Y cuanto más equivocado esté, más te dará. Pero, minas de oro y pistolas...

—Nunca dije una palabra de pistolas —le interrumpió Harvey, por el juramento que había hecho.

—Es verdad, no lo hiciste. Dos coches privados, entonces: uno que se llama como tú y otro como tu madre. Doscientos dólares al mes para tus gastos, y de un golpe te han tirado a los imbornales por no trabajar por diez dólares y medio al mes. ¡En la mejor época de la temporada! —exclamó Dan riéndose con fuerza.

—¿Tengo razón entonces? —dijo Harvey pensando que había encontrado a alguien a su favor.

—Estás equivocado, equivocado del todo. Puedes agarrar y pinchar el pescado a mi lado, o llegarás a pescarlo. Mi padre siempre me da un ayudante porque soy su hijo, y odia los favoritismos. Supongo que tú eres un loco para él. Yo me he sentido así alguna vez. Pero mi padre es un hombre muy justo. Toda la tripulación lo dice.

—¿Te parece esto justicia? —Harvey apuntó a su agraviada nariz.

—Eso no es nada. El sangrar te despejará la cabeza. Mi padre lo hizo por tu salud. Aunque te advierto que no tendré trato con nadie que piense que yo o mi padre o cualquiera del We´re Here es un ladrón. No somos una tripulación cualquiera. Somos pescadores y llevamos navegando juntos más de seis años. ¡No te equivoques! Ya te dije que mi padre no me permite jurar. Él dice que son juramentos vanos, y me pega, pero si puedo decir algo sobre lo que dijiste sobre tu padre y su fortuna, te hablaré de tus dólares. No tengo ni idea de lo que había en tus bolsillos cuando sequé tu ropa, porque no me fijé, pero te diré, empleando las mismas palabras que acabas de emplear tú ahora, que ni yo ni mi padre —y somos los únicos que te tocamos después de subirte a bordo— sabemos nada de ese dinero. Y eso es lo que tengo que decir, ¿vale?

Sin duda el sangrar había despejado las ideas de Harvey, y quizá tuvo algo que ver en ello la soledad del mar.

—De acuerdo —dijo. Entonces bajó la mirada de una forma confusa—. Me parece que para ser una persona a la que acaban de salvar la vida en el mar no he sido muy agradecido, Dan.

—Bueno, estabas nervioso y dijiste tonterías —dijo Dan—. De todas formas sólo estábamos mi padre y yo a bordo para verlo. El cocinero no cuenta.

—Debí pensar que perdí el dinero de otra forma —dijo Harvey casi para sí mismo—, en vez de llamar ladrón a todos los que he visto. ¿Dónde está tu padre?

—En el castillo. ¿Qué quieres de él ahora?

—Ya lo verás —dijo Harvey dirigiéndose hacia los escalones del castillo donde el pequeño reloj colgaba visible del timón. Se encontraba bastante mareado porque todavía le zumbaba la cabeza.

Dentro del castillo, pintado de color chocolate y amarillo, Troop estaba absorto en un cuaderno de notas y tenía un enorme lapicero negro que chupaba con fuerza de cuando en cuando.

—No me he comportado muy bien —dijo Harvey sorprendido de su propia docilidad.

—¿Qué va mal ahora? —dijo el capitán—. Has atacado a Dan, ¿verdad?

—No, es sobre usted.

—Te escucho.

—Bueno, yo..., yo estoy aquí para retirar lo que he dicho —dijo Harvey sin pensarlo—. Cuando se le ha salvado la vida a un hombre... —tragó saliva.

—¡Vaya! Haremos de ti un hombre si sigues así.

—No debería empezar por nombrar a personas —dijo Harvey.

—Sí y no, no y sí —dijo Troop esbozando una sonrisa.

—Así que aquí estoy para decirle que lo siento —otra vez tragó saliva.

Troop se levantó lentamente del cajón sobre el que estaba sentado y extendió su mano de once pulgadas.

—No me confundí al pensar que parecías buen chico, lo que demuestra que no me equivoqué en mi juicio —una risa ahogada llegó a sus oídos procedente de la cubierta—. Rara vez me equivoco en mis juicios —la mano de once pulgadas oprimió el brazo de Harvey entumeciéndolo hasta el codo—. Conseguirás más músculo antes de que te dejemos, muchacho, y no pienso mal de ti por lo que ha pasado. En realidad tú no eres responsable de nada. Vete enseguida a cumplir con tus obligaciones y nadie te hará daño.

—Estás pálido —dijo Dan cuando Harvey regresó a la cubierta.

—No creo —dijo él enrojeciendo hasta las orejas.

—Oí lo que dijo mi padre. Cuando mi padre reconoce que no piensa mal de un hombre, no se traiciona, aunque detesta equivocarse en sus juicios también. ¡Ja, ja! Una vez que mi padre ha emitido un juicio, antes que cambiarlo inclinaría la bandera ante los británicos. Me alegro de que haya terminado bien. Mi padre tiene razón cuando dice que no te puede llevar de regreso. Nosotros nos ganamos la vida aquí... pescando. Los hombres regresarán como tiburones detrás de una ballena muerta en una media hora.

—¿Para qué? —preguntó Harvey.

—Para cenar, por supuesto. ¿No te lo pide el estómago? Tienes mucho que aprender.

—Supongo que sí —dijo Harvey con pesar, mirando hacia unas cuerdas enredadas y unas plataformas que había en lo alto.

—Eso es una joya —dijo Dan con entusiasmo malinterpretando la mirada—. Espera a que se curve la vela mayor y regrese a casa con toda su humedad salada. Pero hay trabajo que hacer antes —señaló la oscura escotilla abierta que había entre dos mástiles.

—¿Para qué es eso? Está vacío —preguntó Harvey.

—Tú, yo y otros lo llenaremos —dijo Dan—. Ahí es donde va el pescado.

—¿Vivo? —dijo Harvey.

—Bueno, no. Estará muerto y salado. Hay cien barriles de sal en la bodega. Hasta ahora no nos hemos ocupado de ello.

—¿Y dónde están los peces? —preguntó Harvey.

—Dicen que en el mar, y a Dios rogamos que pasen a los botes —dijo Dan citando un proverbio de un pescador—: Tú viniste anoche con cuarenta peces.

Señaló a una especie de depósito de madera situado justo enfrente del alcázar.

—Tú y yo los lavaremos con abundante agua cuando los echen ahí. ¡Llenaremos muchos de esos depósitos esta noche! He visto bajarlos con más de medio pie de pescado esperando ser limpiado y trabajábamos en las mesas hasta que éramos nosotros los que estábamos destrozados en vez de los peces, del sueño que teníamos. Mira, ya vienen —Dan vio por encima de la borda a media docena de botes que a fuerza de remos se dirigían a ellos sobre un mar brillante y sedoso.

—Nunca había visto el mar desde tan poca altura —dijo Harvey—. Es hermoso.

El sol, ya bajo, volvía purpúrea y anaranjada al agua, con destellos dorados sobre las cumbres de las olas, y las sombras del fondo eran azules y verdes. Todas las goletas que se veían parecían atraer a sus botes con hilos invisibles, y las pequeñas figuras negras de los diminutos botes se movían como juguetes de cuerda.

—Han tenido suerte —dijo Dan, con los ojos medio cerrados—. Manuel ya no tiene sitio para más peces. Parece una hoja de nenúfar sobre el agua, ¿verdad?

—¿Cuál de ellos es Manuel? No veo tan bien como tú.

—El último bote hacia el sur. Él te encontró anoche —dijo Dan, señalándole—. Manuel rema al estilo portugués, no hay quien le confunda. Hacia el este está Pensilvania, es mejor persona de lo que parece por su forma de remar. Por su aspecto parece cargado de sosa. A su derecha, con los hombros encorvados, mira cómo se estira, está Long Jack. Es de Galway y vive al sur de Boston, donde viven la mayoría, y la mayoría de los hombres de Galway son buenos marineros. Al norte, más allá, le oirás cantar en un momento, está Tom Platt. Fue marinero de un barco de guerra, del Ohio. Según dice él, el primero de la Marina que rodeó Horn. Nunca habla mucho, excepto cuando canta, pero tiene que tener buena suerte pescando. ¡Allí! ¿Qué te dije? —un melodioso canto cruzó el mar desde el bote del norte. Harvey oyó algo sobre las manos y los pies de alguien que sentía frío, y luego:

Traed ahora la carta, la triste carta.
¡Mirad dónde se cruzan las líneas!
Sobre sus cabezas se cierran las nubes,
la niebla rodea sus pies.

—Bote lleno —dijo Dan riéndose—. Si nos canta ¡Oh, capitán!, es que lo trae lleno hasta arriba.

El canto continuaba:

Y ahora a ti, ¡oh, capitán!,
te ruego de corazón
que no me entierren
ni en la iglesia ni en el claustro.

—¡Doble juego para Tom Platt! Te hablará del viejo Ohio mañana. ¿Ves aquel bote azul detrás de él? Es el de mi tío, el hermano de mi padre, y si hay algo de mala suerte perdida por los bancos, la encontrará el tío Salters, seguro. Mira con qué delicadeza rema. Te apuesto mi paga a que es el único hombre al que han picado hoy, y le pican bien.

—¿Qué es lo que le pica? —preguntó Harvey con interés.

—Las fresas, principalmente. Las calabazas algunas veces y otras veces los limones y los pepinos. Sí, le pica desde los codos y parece paralizado. Ahora tenemos que agarrar las jarcias y meterlos dentro. ¿Es cierto lo que me dijiste de que nunca has trabajado con las manos en toda tu vida? Tiene que ser horrible, ¿verdad?

—Intentaré hacerlo de todos modos —replicó Harvey con firmeza—. Todo es nuevo para mí.

—Sujeta esa jarcia, entonces. ¡Detrás de ti!

Harvey trató de agarrar una cuerda y un gancho largo de hierro que colgaba de uno de los estays del palo mayor, mientras Dan bajaba otra que se ataba a una cosa denominada perigallo, en tanto que Manuel se acercaba con su bote cargado. El portugués sonreía con simpatía, algo que Harvey iba a conocer muy bien, y con una horquilla de mango corto empezó a echar el pescado en el depósito de la cubierta. «Doscientos treinta y uno», gritó.

—Dale el gancho —dijo Dan, y Harvey se apresuró a entregárselo. Él hizo un lazo con la cuerda en la popa del bote, agarró la jarcia de Dan, la enganchó en la vinatera de proa y trepó a la goleta.

—¡Tira! —gritó Dan, y Harvey tiró, sorprendido al descubrir con qué facilidad subía el bote.

—¡Aguanta, que el bote no anida en las crucetas! —Dan se rio y Harvey aguantó, porque el bote estaba en el aire por encima de su cabeza.

—¡Bájalo! —gritó Dan, y mientras Harvey lo bajaba, Dan balanceó el ligero bote con una mano hasta que lo colocó en el suelo con suavidad, justo detrás del palo mayor—. No pesan nada cuando están vacíos. No está mal para ser un pasajero. Harán falta otras mañas durante el viaje.

—¡Ah! —dijo Manuel, tendiendo su mano morena—. ¿Ya te encuentras mejor? Anoche a estas horas los peces iban a pescarte a ti, ahora eres tú el que va a pescarlos, ¿eh?

—Estoy..., estoy muy agradecido —tartamudeó Harvey, y metió su desafortunada mano en el bolsillo una vez más, pero recordó que no tenía dinero que ofrecer. Cuando conoció mejor a Manuel, pensar lo más mínimo sobre el error que hubiera cometido si lo hubiera hecho le enrojecía y ruborizaba cuando estaba tendido en su litera.

—¡No tienes por qué darme las gracias a mí! —dijo Manuel—. ¿Cómo iba a dejar que te ahogaras, que te ahogaras en los bancos? Ahora eres un pescador, ¿eh? —desde las caderas se inclinaba sofocado hacia atrás y hacia delante para relajarse.

—No he limpiado el bote hoy. He estado muy ocupado. Encontramos rápido la pesca. Danny, hijo mío, límpialo por mí.

Harvey se adelantó enseguida. Era la ocasión de poder hacer algo por el hombre que le había salvado la vida.

Dan le tiró un lampazo y él se inclinó sobre el bote y limpió el cieno, torpemente, pero con muy buena voluntad.

—Levanta la plataforma de los pies. Resbala en las ranuras —dijo Dan—. Límpiala y colócala de nuevo. Nunca dejes una plataforma atrancada. Puede que sea malo algún día. Aquí llega Long Jack.

Un río de peces brillantes volaron al depósito desde uno de los botes.

—Manuel, agarra la jarcia. Yo iré montando las mesas. Harvey, despeja el bote de Manuel. Vamos a acoplar el bote de Long Jack encima de él.

Harvey miró hacia arriba y vio justo encima de su cabeza el fondo de otro bote.

—Esto es como un puzle, ¿verdad? —dijo Dan mientras el bote se encajaba en el otro.

—Estás como pez en el agua —dijo Long Jack, un hombre de Galway, con labios gruesos y barba gris. Se inclinó de un lado a otro como había hecho antes Manuel. Disko gruñó algo por la escotilla del castillo y se podía oír cómo chupaba el lapicero.

—Ciento cuarenta y nueve y medio. Mala suerte, Discobolus —dijo Long Jack—. Me muero por llenarte los bolsillos. Mala captura. El portugués ha ganado.

—Doscientos tres. ¡Veamos a ese pasajero! —el que así hablaba era más alto todavía que el hombre de Galway y su rostro resultaba curioso porque lo cruzaba una cicatriz que iba desde el ojo izquierdo hasta la comisura derecha de la boca.

Sin saber qué otra cosa más podía hacer, Harvey limpiaba los botes según iban llegando, quitando las plataformas y colocándolas en el fondo del bote.

—Le ha pillado bien el truco —dijo el hombre de la cicatriz, que se llamaba Tom Platt y le había estado observando con atención—. Hay dos formas de hacer las cosas. Una es como la de los pescadores: empezar por el final y evadirse antes de terminar. La otra es...

—Lo que hacíais en el viejo Ohio —interrumpió Dan, rozando al grupo de hombres con un tablero largo con patas—. Quítate de aquí, Tom Platt, y déjame montar las mesas.

Metió un extremo del tablero en dos hendiduras que había en la borda, sacó las patas y se agachó justo a tiempo para evitar el golpe del hombre del barco de guerra.

—Y eso lo hacían también en el Ohio, Danny. ¿Ves? —dijo Tom Platt riéndose.

—Entonces supongo que desviaban la vista, porque no llegó a casa, y sé quién encontrará sus botas en la galleta del mástil si no nos deja solos. ¡Muévete!, estoy ocupado. ¿Es que no lo ves?

—Danny, tú te tumbas a dormir todo el día —dijo Long Jack—. Eres el colmo de la insolencia y estoy convencido de que corromperás a nuestro sobrecargo en una semana.

—Se llama Harvey —dijo Dan, blandiendo dos afilados cuchillos—, y valdrá más que cinco pescadores de almejas de Boston dentro de poco —colocó los cuchillos sobre la mesa con toda delicadeza, ladeó la cabeza y observó el efecto.

—Creo que son cuarenta y dos —dijo una voz en el exterior.
En medio de un coro de carcajadas respondió otra voz—: Entonces
vuelve mi suerte porque tengo cuarenta y cinco.

—Cuarenta y dos o cuarenta y cinco. He perdido la cuenta —dijo
la voz del exterior.

—Son Penn y el tío Salters contando los peces. Nos hacen un
número de circo cada día —dijo Dan—. ¡Míralos!

—¡Vamos, entrad! —bramó Long Jack—. Hay mucha humedad
allá afuera, muchachos.

—Cuarenta y dos —éste era el tío Salters.

—Los contaré otra vez, entonces —replicó la voz con docilidad.

Los dos botes se balanceaban y tocaban el costado de la goleta.

—¡Paciencia de Jerusalén! —dijo el tío Salters con brusquedad,
salpicando agua—. ¿Qué llevó a un granjero como tú a poner los
pies en una barca y encima ganarme?

—Lo siento, Salters. Vine al mar a causa de una dispepsia de
origen nervioso. Tú me lo aconsejaste, creo.

—Os podéis ahogar tú y tu dispepsia de origen nervioso —bramó el tío Salters, un hombre rechoncho—. Te estás echando encima
de mí otra vez. ¿Dijiste cuarenta y dos o cuarenta y cinco?

—Lo he olvidado, Salters. Los contaré otra vez.

—No digas que podrían ser cuarenta y cinco. Son cuarenta y
cinco —dijo el tío Salters—. Contaste bien, Penn.

Disko salió del castillo y dijo con autoridad:

—Salters, mete el pescado enseguida.

Dan murmuró:

—No estropees la fiesta, papá. Sólo acaban de empezar los dos.

—¡Madre mía! Los está levantando con la horquilla uno por
uno —exclamó Long Jack mientras el tío Salters se ponía a trabajar
con laboriosidad. El hombrecillo del otro bote contaba una fila de
marcas hechas en el bote.

—Ésa fue la pesca de la semana pasada —dijo levantando la
mirada lastimeramente e indicando con el índice donde había terminado.

Manuel hizo una señal a Dan, quien corrió hacia la polea e, inclinándose hacia el exterior, agarró el gancho y lo metió en el cabo

de popa después de lanzárselo Manuel. Los otros tiraron del bote y lo metieron dentro con todo su contenido, hombre incluido.

—Uno, dos, cuatro..., nueve —dijo Tom Platt contando con práctica—. Cuarenta y siete. ¡Penn, has ganado! —Dan soltó el cabo y lo deslizó por la popa hacia la cubierta en medio de un torrente de pescado.

—¡Espera! —bramó el tío Salters, inclinándose—. ¡Espera, me he confundido al contar!

No tuvo tiempo de protestar porque le tiraron sobre la cubierta y le trataron igual que a Pensilvania.

—Cuarenta y uno —dijo Tom Platt—. Vencido por un granjero, Salters. ¡Un marinero como tú!

Sus manos estaban hinchadas y amoratadas.

—Algunos encontrarán un fondo de fresas —dijo Dan, dirigiéndose a la luna que acababa de salir—, incluso aunque tengan que sumergirse por ello, me parece a mí.

El tío Salters contestó:

—Y otros viven a cuerpo de rey y se ríen de su propia estirpe.

—¡Sentaos todos! ¡Sentaos todos! —dijo una voz que Harvey no había oído todavía y que procedía del castillo de proa. Disko Troop, Tom Platt, Long Jack y Salters siguieron la llamada. El pequeño Penn se quedó inclinado sobre su carrete y los sedales de bacalao enredados. Manuel estaba completamente tendido en la cubierta y Dan bajó a la bodega, donde Harvey le oyó martillar unos barriles.

—Sal —dijo a su vuelta—. Después de cenar vamos a salar. Tú le darás pescado a mi padre. Tom Platt y mi padre los almacenarán y les oirás discutir. Nosotros formamos la segunda tanda: tú, yo, Manuel y Penn, la juventud y belleza del barco.

—¿Y qué hay de bueno en eso? —dijo Harvey—. Tengo hambre.

—Terminarán pronto. ¡Mmmm! Huele bien esta noche. Mi padre embarca buenos cocineros si se pone de acuerdo con su hermano. Ha habido una buena pesca hoy, ¿verdad? —señaló a los depósitos repletos de bacalaos—. ¿Cuántos pescaste, Manuel?

—Veinticinco —dijo el portugués con voz somnolienta—. Nos tropezamos con ellos bien y rápidamente. Algún día te enseñaré, Harvey.

La luna comenzaba a salir sobre un mar en calma cuando salieron los más mayores. No fue necesario que el cocinero llamara a la segunda tanda. Dan y Manuel bajaron por la escotilla y estaban en la mesa antes de que Tom Platt, el más anciano y pausado de los mayores, hubiera terminado de limpiarse la boca con la mano. Harvey siguió a Penn y se sentó ante un plato de lenguas y vejigas de bacalao, con trozos de cerdo y patatas fritas, una rebanada de pan caliente y una taza de café solo fuerte. Aunque estaban hambrientos, esperaron hasta que Pensilvania terminó la bendición de la mesa. Entonces comieron con apetito en silencio hasta que Dan tomó aliento al agarrar la taza de café y preguntó a Harvey cómo se sentía.

—Lleno, pero todavía hay espacio para otro trozo.

El cocinero era un hombre negro, enorme, y, a diferencia de todos los negros que Harvey había visto, no hablaba. Se conformaba con sonreír e invitaba a comer más por medio de señas.

—Mira, Harvey —dijo Dan golpeando la mesa con el tenedor—, es como te dije. La juventud y belleza del barco: yo y Penn, tú y Manuel. Somos la segunda tanda y comemos cuando ha terminado el primer grupo. Ellos son pescado viejo. Tienen mal genio y refunfuñan y tienen que callar a sus estómagos, por eso vienen antes, lo cual se merecen. ¿No es así, doctor?

El cocinero asintió con la cabeza.

—¿No puede hablar? —susurró Harvey.

—No mucho, o mejor dicho no en un idioma que conozcamos nosotros. Su lengua materna es muy rara. Procede de Cabo Bretón, dice, donde los granjeros hablan una especie de escocés. Cabo Bretón está lleno de negros que huyeron allí durante la guerra y hablan como granjeros... enfurruñados pero contentos.

—No es escocés —dijo Pensilvania—. Es gaélico. Lo leí en un libro.

—Penn lee mucho. La mayor parte de lo que dice es tan... no sé cómo, excepto cuando llega la hora de contar pescado, ¿eh?

Harvey preguntó:

—¿Tu padre les permite decir cuánto han pescado sin examinar la pesca?

—Bueno, sí. ¿Qué sentido tiene que mienta un hombre por unos cuantos bacalaos?

—Había una vez un hombre que mentía por su pesca —intervino Manuel—. Mentía todos los días. Decía que traía cinco, diez, veinticinco peces más de lo que había en realidad.

—¿Dónde fue eso? —dijo Dan—. En nuestro grupo no.

—Un francés de Anguille.

—¡Ah! Los franceses de la costa occidental no cuentan. No saben contar. Si tropezamos con alguno de sus débiles anzuelos, Harvey, comprenderás por qué —dijo Dan con desprecio.

*¡Nunca menos, siempre más
cada vez que vamos a salar!*

bramó Long Jack abajo en la bodega, y el segundo grupo se levantó enseguida.

La sombra de los mástiles y de las jarcias, junto con la vela que nunca se plegaba, se balanceaban de aquí para allá sobre la cubierta iluminada por la luna. Los montones de pescado brillaban como plata líquida. En la bodega se oían pasos y ruidos sordos. Entre los barriles de sal se movían Disko Troop y Tom Platt. Dan le dio a Harvey una horquilla y le colocó en un extremo de la mesa, donde el tío Salters estaba tamborileando la mesa con impaciencia con el mango de un cuchillo. Un balde de agua salada yacía a sus pies.

—Tú agarras el pescado y se lo pasas por la escotilla a mi padre y a Tom Platt, y ten cuidado de que el tío Salters no te saque un ojo, —dijo Dan, balaceándose en la bodega—. Yo pasaré la sal.

Penn y Manuel estaban metidos hasta las rodillas entre los bacalaos del depósito, manejando sus cuchillos. Long Jack, con un cesto a sus pies y guantes en las manos, estaba situado enfrente del tío Salters en la mesa, y Harvey estaba muy pendiente de la horquilla y del balde.

—¡Ahí va! —gritó Manuel, agachándose hacia el pescado y tomando uno de ellos con un dedo, por debajo de una de las agallas, y otro por el ojo. Lo colocó en el borde del depósito. El filo del cuchillo brilló y provocó un sonido de desgarro, y el pez, abierto de la cabeza a la cola, con una hendidura a cada lado del cuello, cayó a los pies de Long Jack.

—¡Ahí va! —dijo Long Jack con un movimiento de su mano enguantada. El hígado del bacalao cayó al cesto. Con otro tirón y otro movimiento salieron por el aire la cabeza y las entrañas, y el pez vacío fue a parar al tío Salters, quien resopló con fuerza. Otro sonido de desgarro y la espina salió por el aire sobre los macarrones, y el pez, sin cabeza, limpio y abierto, cayó en el balde y salpicó, enviando el agua salada a la boca de Harvey, abierta por el asombro. Después del primer grito, los hombres permanecían en silencio. El bacalao se movía de uno a otro como si estuviera vivo, y mucho antes de que a Harvey se le hubiera pasado el asombro por la maravillosa destreza de todos, su balde estaba lleno.

—¡Tira! —gruñó el tío Salters sin girar la cabeza, y Harvey tiraba los peces de dos en dos y de tres en tres por la escotilla.

—¡Eh!, tíralos juntos —gritó Dan—. ¡No los esparzas! El tío Salters es el que mejor parte de toda la flota. ¡Obsérvale!

De hecho, parecía que el redondeado tío estuviera cortando hojas de papel a contra reloj. El cuerpo de Manuel, con calambres desde las caderas, permanecía como una estatua, pero sus largos brazos agarraban el pescado sin cesar. El pequeño Penn trabajaba duro y con valor, pero era fácil ver que estaba cansado. En una o dos ocasiones Manuel tuvo tiempo de ayudarle sin romper la cadena de trabajo, y otra vez Manuel gritó porque se había enganchado el dedo en un anzuelo francés. Estos anzuelos están hechos de un metal blando para que se puedan doblar de nuevo después de usarlos, pero con mucha frecuencia el bacalao se los lleva y se enganchan en otra parte, y ésa es una de las razones por las que los barcos de Gloucester desprecian a los franceses.

Abajo, el áspero sonido de la sal al frotarla sobre la áspera carne sonaba como el runruneo de una rueda de molino: una melodía constante acompañada por el sonido de los cuchillos en el depósito, el del tirón de cabezas arrancadas, el del hígado al caer y el de las entrañas que salían por el aire, el del cuchillo del tío Salters al sacar las espinas y el aletazo de los cuerpos húmedos, abiertos, al caer al balde.

Una hora después, Harvey hubiera dado todo el oro del mundo por descansar, porque el bacalao mojado pesa más de lo que uno puede pensar, y le dolía la espalda de tanto tirar pescado. Pero por primera vez en su vida se sintió miembro de un grupo de trabajo; se enorgulleció al pensarlo, pero se entristeció.

—¡Cuchillo... oh! —gritó el tío Salters al final. Penn se dobló en dos entre el pescado, dando un grito ahogado. Manuel se inclinó hacia atrás y hacia delante para recuperar la flexibilidad, y Long Jack se apoyó sobre los macarrones. Apareció el cocinero, sin hacer ruido, como una oscura sombra, recogió un montón de espinas y cabezas y se retiró.

—Mi sangre por un desayuno o una sopa de pescado —dijo Long Jack, relamiéndose.

—¡Cuchillo... oh! —repitió el tío Salters, blandiendo su arma de cortar curva y plana.

—Mira a tus pies, Harvey —gritó Dan desde abajo.

Harvey vio varios cuchillos clavados en un listón de la escotilla. Los coloca, alrededor, desechando los romos.

—¡Agua! —dijo Disko Troop.

—Barril de agua fresca y cazo para allá. Deprisa, Harvey —dijo Dan.

Regresó al momento con un gran cazo de agua marrón que sabía a néctar, cuyo contenido relajó las mandíbulas de Disko y de Tom Platt.

—Eso son bacalaos —dijo Disko—. No son higos de Damasco, Tom Platt, ni siquiera lingotes de plata. Te lo he dicho siempre desde que navegamos juntos.

—Cuestión de siete temporadas —respondió Tom Platt fríamente—. La buena carga es buena carga siempre, e incluso hay una forma correcta y otra incorrecta de cargar lastre. Si has visto alguna vez cuatrocientas toneladas de hierro metidas en...

—¡Ahí va! —con ese grito de Manuel empezó de nuevo la labor, y no se detuvieron hasta que no se vació el depósito. En cuanto se bajó el último pez, Disko Troop se fue a popa con su hermano. Manuel y Long Jack siguieron en la proa. Tom Platt esperó el tiempo suficiente para deslizarse por la escotilla antes de desaparecer también. En medio minuto Harvey oyó ronquidos profundos en el camarote y él miraba fijamente a Dan y a Penn sin comprender nada.

—Lo hice un poco mejor esta vez, Danny —dijo Penn, cuyos párpados le pesaban por el sueño—. Pero creo que es mi deber ayudar a limpiar.

—Tienes mucho valor —dijo Dan—. Acuéstate, Penn. No tienes que hacer el trabajo de un grumete. Toma un balde, Harvey. Penn, vierte esto donde están los desperdicios del pescado antes de dormir. ¿Te mantendrás despierto hasta entonces?

Penn levantó el pesado cesto de hígados de pescado y lo vació en un tonel con tapadera de bisagras atado al castillo de proa. Luego también se perdió de vista y se metió en el camarote.

—Los grumetes limpian después de salar y hacen la primera guardia en el We´re Here cuando el tiempo está en calma —Dan enjuagó con abundante agua el depósito, desarmó la mesa y la puso a secar a la luz de la luna, atravesó un montón de estopa con los cuchillos manchados de rojo y empezó a afilarlos en una piedra de afilar diminuta, mientras Harvey tiraba las entrañas y las espinas al agua siguiendo indicaciones suyas.

A la primera salpicadura una sombra plateada se elevó en línea recta desde el agua aceitosa y se oyó un suspiro misterioso. Harvey retrocedió dando un grito, y Dan se rio.

—Delfines —dijo él—. Vienen a por las cabezas de pescado. Se ponen de pie de esa manera cuando tienen hambre —un hedor insoportable a pescado podrido llenó el aire cuando se hundió aquel pilar blanco y el agua burbujeó aceitosa—. ¿No has visto nunca de pie a los delfines? Verás cientos de ellos antes de terminar el viaje. Es bueno tener un grumete a bordo de nuevo. Otto era demasiado viejo. Él y yo discutíamos mucho. No le hubiera pasado nada si hubiese estado en sus cabales. ¿Tienes sueño?

—Me muero de sueño —dijo Harvey cabeceando.

—No se puede dormir mientras se vigila. Levántate y ve a mirar si están bien puestas las luces de posición. Ahora estamos de guardia, Harvey.

—¿Qué puede pasarnos? Parece de día —replicó Harvey.

—Según dice mi padre, es cuando más cosas pasan. El buen tiempo te anima a dormir, y antes de que te des cuenta un barco de pasajeros te ha partido en dos. Después diecisiete oficiales de botones de bronce, todos muy caballeros, juran levantando la mano que tus luces estaban apagadas y que había una espesa niebla. Harvey, quiero ser amable contigo, pero si das otra cabezada te despertaré con una cuerda.

La luna, testigo de muchas cosas extrañas en los bancos, veía a un joven espigado con pantalón corto y jersey rojo tambaleándose por la cubierta llena de obstáculos de una goleta de setenta toneladas, mientras que detrás de él, agitando una cuerda de nudos, como si fuera un verdugo, iba otro muchacho bostezando y dando cabezadas entre los golpes que repartía.

El timón crujía y la goleta avanzaba suavemente, la vela se movía ligeramente con los cambios del suave viento, el cabrestante chirriaba y la triste procesión continuaba. Harvey protestó, amenazó, se quejó, y al final lloró como un niño. Dan, con la lengua trabada, hablaba de la belleza de la vigilancia y daba golpes con la cuerda, castigando a los botes con tanta frecuencia como a Harvey. Al final el reloj del camarote dio las diez, y a las diez el pequeño Penn subió a cubierta. Se encontró a los dos muchachos caídos uno al lado del otro, formando un solo bulto, junto a la escotilla principal, tan profundamente dormidos que él mismo tuvo que llevarlos a sus literas.

CAPÍTULO III

Dormir a cuarenta brazas despeja el alma, la vista y el corazón, y te envía a desayunar con voracidad. Dejaron vacío un gran plato de trozos de jugoso pescado, pescado que había recogido el cocinero la noche anterior. Limpiaron los platos y las tazas del grupo de los mayores, quienes habían salido a pescar; cortaron carne de cerdo para la comida del mediodía, limpiaron el castillo de proa, rellenaron las lámparas, llevaron carbón y agua al cocinero, y examinaron la despensa, donde estaban almacenadas las provisiones del barco. Era otro día perfecto: tranquilo, templado y claro. Harvey respiró a pleno pulmón.

Durante la noche se habían acercado otras goletas, y el mar azul estaba lleno de velas y botes. Allá en el horizonte, el humo de algún barco de pasajeros, con el casco invisible, difuminaba el azul, y hacia el este las velas de un gran barco acababan de surgir, dejando una estela a su paso. Disko Troop fumaba en el exterior del castillo, mirando con un ojo a las embarcaciones de alrededor y con el otro al palo mayor.

—Cuando mi padre se coloca así —susurró Dan—, está pensando por toda la tripulación. Apuesto mi paga a que pronto echaremos el ancla. Sabe dónde están los bacalaos, y los demás barcos saben que él lo sabe. Parece que vienen de uno en uno, sin fijarse en nada en particular, por supuesto, pero nos vigilan siempre. Ahí está el Prince Leboo, un barco de Chatham. Se acercó la pasada noche. ¿Y ves ese grande con un remiendo en la vela y un foque nuevo? Es el Carrie Pitman de West Chatham. No cambiará las lonas a menos que haya cambiado su suerte desde la temporada pasada. No puede hacer mucho, va a la deriva, no tiene ancla que le sujete... Cuando mi padre suelta el humo en forma de anillos es que está estudiando la pesca. Si le hablamos ahora, se volverá loco. La última vez que lo hice yo, me tiró una bota.

Disko Troop miraba fijamente, con su pipa entre los dientes, con mirada absorta. Como decía su hijo, estaba estudiando a los peces: midiendo sus fuerzas, en conocimiento y experiencia, contra los errantes bacalaos en su propio mar. Aceptaba la presencia de las inquisitivas goletas en el horizonte como reconocimiento a su capacidad. Pero ahora que ya lo habían reconocido, él deseaba alejarse y echar el ancla a solas, hasta que llegara el momento de ir a La Virgen para pescar en las calles de esa ruidosa ciudad flotante. Así que Troop pensaba en el tiempo que hacía, en los vientos, en las corrientes, en las provisiones y en otros asuntos domésticos, desde el punto de vista de un bacalao de veinte libras de peso. En realidad, durante una hora, él mismo fue un bacalao y en verdad parecía uno de ellos. Luego se quitó la pipa de la boca.

—Papá —dijo Dan—, hemos hecho nuestras tareas. ¿Podemos salir un poco? Hace buen tiempo para pescar.

—No con ese atuendo de color cereza ni con ese calzado marrón medio cocido. Que se ponga algo apropiado.

—Papá está de buen humor, eso está bien —dijo Dan encantado mientras arrastraba a Harvey hacia el camarote. Troop le dio una llave cuando bajaban—. Mi padre guarda mi ropa de repuesto porque dice mi madre que yo soy muy descuidado —hurgó en la cerradura, y en menos de tres minutos Harvey estaba ataviado con unas botas de goma de pescador que le llegaban hasta la mitad del muslo, un jersey azul gordo zurcido en los codos, un par de tenazas y un impermeable.

—Bueno, esto es otra cosa —dijo Dan—. ¡Deprisa!

—No os alejéis —dijo Troop—, y no vayáis a visitar a toda la flota. Si alguien os pregunta sobre lo que voy a hacer, decidles la verdad: que no lo sabéis.

Un pequeño bote rojo, llamado Hattie S., estaba situado a popa de la goleta. Dan tiró de la amarra y se dejó caer suavemente al fondo del bote, mientras que Harvey cayó torpemente después.

—Así no se sube a un bote —dijo Dan—. Si hubiera mar, te habrías ido al fondo, seguro. Tienes que aprender a encontrarte con él.

Dan ajustó los escálamos, se dirigió a la bancada de proa y vigiló el trabajo de Harvey. El muchacho había remado, al estilo de las mujeres, en los lagos de los Adirondack, pero hay diferencia entre los escálamos que crujen y los toletes bien equilibrados (remos de espadilla ligeros, pequeños y gruesos, de ocho pies). Se clavaban en las olas y Harvey gruñía.

—¡Corto, rema corto! —decía Dan—. Si giras los remos en cualquier punto del mar, es probable que le des la vuelta.

El pequeño bote estaba inmaculado. En la proa había un ancla diminuto, dos jarras de agua y unas setenta brazas de vara marrón delgada. Un plato de asta descansaba en cornamusas debajo de la mano derecha de Harvey, al lado de un feo mazo, un arpón corto y un palo de madera más corto todavía. Un par de cuerdas, con escandallos muy pesados y anzuelos dobles para bacalaos, enrolladas cuidadosamente en carretes cuadrados, estaban clavados en el lugar destinado a ellos en la borda.

—¿Dónde está la vela y el mástil? —preguntó Harvey, porque comenzaban a salirle ampollas en las manos. Dan rio.

—No has navegado mucho en barcas de pesca. Tira, pero no es necesario que tires tan fuerte. ¿No te gustaría tener una?

—Bueno, supongo que mi padre podría conseguirme una o dos si se las pidiera —respondió Harvey. Había estado muy ocupado hasta entonces y no había pensado mucho en su familia.

—Es verdad. Había olvidado que tu padre es millonario. Ahora ya no te comportas como un millonario. Pero una barca y el equipo cuestan mucho dinero —Dan hablaba como si se tratara de un ballenero—. ¿Crees que tu padre te daría una como si se tratara de una mascota?

—No te sorprendas. Sería la primera cosa que no consiguiera de él.

—Sería una mascota cara para tener en casa. ¡No lo deslices así, Harvey! Sujeta el remo, porque el mar nunca está en calma total, y el oleaje...

¡Crack! El guion del remo golpeó a Harvey en la barbilla y le echó hacia atrás.

—Eso es lo que iba a decirte. Yo tuve que aprenderlo también, pero no tenía más de ocho años cuando lo aprendí.

Harvey se incorporó en su asiento. Le dolían las mandíbulas y una ceja.

—No te pongas de mal humor, dice papá. Es culpa nuestra si no sabemos manejarlos, dice. Quedémonos aquí. Manuel nos dirá la profundidad del agua.

El portugués se balanceaba en su bote a una milla de distancia, pero cuando Dan puso su remo en vertical, él hizo señas con el brazo izquierdo tres veces.

—Treinta brazas —dijo Dan, colgando una almeja del anzuelo—. Haz lo mismo que yo y no enredes el carrete, Harvey.

El aparejo de Dan llevaba tiempo en el agua cuando Harvey todavía no había revelado el misterio de poner la carnada y de echar el anzuelo. El bote se movía mucho. No merecía la pena echar el ancla hasta no estar seguros de que hubiera un buen suelo.

—¡Aquí viene! —gritó Dan, y una suave lluvia roció los hombros de Harvey cuando un gran bacalao se agitó y dio un golpe en un costado—. ¡El palo, Harvey! ¡El palo! ¡Rápido!

Harvey le entregó el mazo, y Dan aturdió al pez de un golpe antes de tirar de él, le extrajo el anzuelo con un palo de madera corto al que él llamó «palo de marinero». Luego Harvey sintió un tirón y lo subieron con afán.

—Son fresas —exclamó—. ¡Mira!

El anzuelo se había enredado en un manojo de fresas, rojas por un lado y blancas por el otro: reproducciones perfectas de las fresas terrestres, a excepción de que no tenían hojas y el rabo era viscoso.

—¡No las toques! ¡Tíralas! No...

La advertencia llegó tarde. Harvey las había sacado del anzuelo y estaba contemplándolas.

—¡Ay! —gritó, sus dedos le latían como si le hubieran picado ortigas.

—Ahora ya sabes lo que significa un fondo de fresas. Mi padre dice que no se puede tocar ningún cebo con los dedos desprotegidos. Tíralas por la borda y pon cebo nuevo. Fíjate bien en las cosas. Todo está incluido en la paga.

Harvey sonrió al pensar en sus diez dólares y medio al mes, y se preguntaba qué diría su madre si le viera flotando en un bote de pesca en medio del océano. Sufría muchísimo cada vez que salía al lago Saranac. Por cierto, Harvey recordaba perfectamente cómo solía reírse de la ansiedad de ella. De repente el hilo resbaló entre sus dedos, y le escocían incluso a través de las tenazas, aunque se suponía que los aros de lana le protegían.

—Es lento. Dale cuerda según haga fuerza —gritó Dan—. Te ayudaré.

—No —dijo Harvey con brusquedad, mientras sostenía el hilo—. Es mi primer pez. ¿Es una ballena?

—Será un halibut —Dan miró al agua por aquel lado y agitó el mazo, preparado para cualquier cosa. Algo blanco y ovalado oscilaba y sacudía el agua—. Apuesto mi paga a que pasa de cien. ¿Sigues deseando cogerlo tú solo?

Los nudillos de Harvey sangraban por la parte que había apoyado sobre la borda. Su rostro era de un azul purpúreo por la excitación y el esfuerzo. El sudor resbalaba por él y le cegaba mirar fijamente las ondas que brillaban con el sol alrededor del hilo que se movía con rapidez. Los dos se cansaron antes que el halibut, quien se apoderó de ellos y del bote durante más de veinte minutos. Pero al final pudieron tirar del gran pez y sacarlo.

—Suerte de principiante —dijo Dan limpiándose la frente—. Pesa más de cien libras.

Harvey miró con indescriptible orgullo a la enorme criatura gris moteada. Había visto halibuts muchas veces sobre mesas de mármol en la costa, pero nunca se le había ocurrido preguntar cómo habían llegado a tierra. Ahora lo sabía, y cada pulgada de su cuerpo se resentía por la fatiga.

—Si mi padre estuviera aquí —dijo Dan llamando la atención de Harvey—, interpretaría los signos de las marcas. Los peces son cada vez más pequeños, y tú has conseguido un halibut como no hemos sido capaces de encontrar nosotros en este viaje. La pesca de ayer... ¿Te diste cuenta?... Eran peces grandes todos, pero ningún halibut. Mi padre interpretaría esos signos. Dice que los bancos están llenos de signos y se pueden interpretar bien o mal.

Mientras hablaba, se oyó un disparo procedente del We´re Here, y un cesto de patatas subió a modo de señal por las jarcias de proa.

—¿Qué estaba diciendo? Es una llamada para toda la tripulación. Mi padre tiene algo que decirnos. Nunca interrumpe la pesca a esta hora del día. Recoge el hilo, Harvey, y regresemos.

Estaban a barlovento de la goleta, a punto de mover el bote sobre el mar en calma, cuando oyeron quejidos a media milla de distancia, donde estaba Penn. Penn estaba girando alrededor de un punto fijo, como una criatura gigantesca. El pequeño hombre se alejaba hacia atrás subiendo y bajaba de nuevo con gran energía, pero al final de cada maniobra su bote se balanceaba y se volteaba sobre la cuerda.

—Tenemos que ayudarle, o echará raíces allí —dijo Dan.

—¿Qué le sucede? —preguntó Harvey. Era un mundo nuevo para él. Aquí no podía imponerse a sus mayores, aquí tenía que hacer preguntas con humildad. Y el mar era demasiado extenso y poco estimulante.

—Ha perdido el ancla. Siempre las está perdiendo. Ya ha perdido dos en este viaje, sobre fondo arenoso también. Mi padre le ha dicho que si perdía otra le daría «la piedra». Eso le partía el corazón a Penn.

—¿Qué significa eso de «la piedra»? —preguntó Harvey, quien tenía una vaga idea de que podría ser algún tipo de tortura, como la de pasar por debajo de la quilla que aparece en los libros de historia.

—Es un trozo de piedra que sirve de ancla. Puedes ver esas piedras en las proas de algunas barcas, toda la flota sabe lo que significa. Se burlarían de él de una forma espantosa. Penn no lo soportaría mejor que si a un perro le ponen un cazo en la cola. Es tan sensible... ¡Hola, Penn! ¿Te has quedado clavado otra vez? No lo intentes más. Acércate y mantén tu vara recta arriba y abajo.

—No se mueve —dijo el hombre jadeando—. No se mueve nada en absoluto y lo he intentado todo.

—¿Qué es todo eso de ahí? —preguntó Dan señalando a un montón de remos de repuesto y a una barra, amontonados por la mano de la inexperiencia.

—¡Oh, eso! —dijo Penn con orgullo—. Es un cabrestante español. El señor Salters me enseñó a hacerlo, pero ni siquiera eso mueve el bote.

Dan se inclinó sobre la borda para ocultar una sonrisa, sacudió una o dos veces la barra y el ancla se soltó enseguida.

—Sácala, Penn, antes de que te quedes clavado de nuevo —dijo Dann riéndose.

Le dejaron contemplando, con sus grandes ojos azules, las uñas del pequeño ancla cubiertas de hierbas y les dio las gracias efusivamente.

Cuando se alejaron lo suficiente como para que Penn no pudiera oírles, dijo Dan:

—No es peligroso, pero se le ha ido la cabeza, ¿ves?

—¿Es eso cierto o es otro de los juicios de tu padre? —preguntó Harvey mientras se inclinaba hacia los remos. Presentía que estaba aprendiendo a manejarlos mejor.

—Mi padre no se confundió esta vez. Penn está un poco chiflado, bueno no es eso exactamente tampoco. Ocurrió como te voy a contar. Era un predicador moravo que se llamaba Jacob Boller, según me contó mi padre, y vivía con su esposa y cuatro hijos en algún lugar de Pensilvania. Bueno, pues Penn se fue con su familia a una reunión de los moravos y pernoctaron una noche en Johnstown. ¿Has oído hablar de Johnstown?

Harvey pensó: «Sí, pero no sé el motivo. Me suena como Ashtabula».

—Los dos fueron grandes accidentes, ése es el motivo, Harvey. Esa noche en la que Penn y su familia fueron al hotel, Johnstown desapareció. El dique reventó e inundó la ciudad, y las casas chocaron unas con otras y se hundieron. He visto fotos y son horribles. Penn vio ahogarse a su familia antes de darse cuenta de lo que estaba pasando. Perdió el juicio entonces. Él cree que sucedió algo en Johnstown, pero no pudo recordar lo que fue y deambulaba por ahí sonriendo y asombrado. No sabía quién era ni quién había sido y así seguía cuando le encontró el tío Salters, quien estaba de visita entonces en Alleghany City. La mitad de la familia de mi madre vive dispersa por Pensilvania y el tío Salters les visita en invierno. El tío Salters adoptó a Penn; sabiendo bien cuál era su problema, se lo trajo al este y le dio trabajo en su granja.

—Le oí llamar granjero a Penn anoche, cuando chocaban los botes. ¿Tu tío Salters es granjero?

—¡Granjero! —exclamó Dan—. No hay agua suficiente de aquí a Hatteras para lavar el barro de sus botas. Es un eterno granjero. Harvey, yo he visto a ese hombre tomar un balde, al ponerse el sol, y juguetear con la espita como si fuera la teta de una vaca. Ya ves si es granjero. Penn y mi tío llevaban la granja, en Exeter. El tío Salters la vendió la primavera pasada a un tonto de Boston que quería construirse una casa de verano, y consiguió mucho dinero por ella. Luego los dos chiflados estuvieron deambulando por ahí hasta que un día la secta a la que Penn pertenecía —los moravos— descubrió dónde estaba y escribieron al tío Salters. Nunca se supo qué decían exactamente, pero el tío Salters estaba loco. Él es episcopaliano, pero siente cierta inclinación hacia los baptistas. No iba a permitir que Penn tuviera relación alguna con los moravos ni en Pensilvania ni en ningún otro lugar. Entonces fue a ver a mi padre con Penn, hace dos temporadas, y le dijo que tenían que pescar por motivos de salud. Supongo que pensó que los moravos no irían tras Jacob Boller a los bancos. Papá estuvo de acuerdo, porque el tío Salters había estado pescando durante treinta años, cuando intentaba encontrar fertilizantes, y mi padre los admitió en el We´re Here. El viaje le sentó muy bien a Penn. Mi padre dice que si algún día se acordara de su esposa y de sus hijos, y de Johnstown, entonces se moriría. No le hables a Penn de Johnstown ni de nada de esto, o el tío Salters te arrojará por la borda.

—¡Pobre Penn! —murmuró Harvey—. Nunca hubiera pensado que el tío Salters cuidara de él así al verlos juntos.

—Me gusta Penn, sin embargo. A todos nos gusta —dijo Dan—. Deberíamos haberle dado una estopa, pero quería contártelo primero.

Estaban cerca de la goleta y los demás botes estaban situados tras ellos.

—No es necesario subir los botes hasta después de cenar —dijo Troop desde el puente—. Salaremos ahora. ¡Fijad las mesas, chicos!

—Aumentan y aumentan —dijo Dan con un guiño mientras colocaba el equipo para salar—. Mira los botes que se han acercado desde esta mañana. Todos están esperando a mi padre, Harvey.

—Me parecen todos iguales —y de hecho para un hombre de tierra las goletas que les rodeaban parecían sacadas del mismo molde.

—Pues no lo son. Aquella sucia de allí con ese bauprés que se inclina así es el Hope of Prague. Nick Brady es su capitán, el hombre más mezquino de los bancos. Así se lo diremos cuando toquemos el Main Ledge. Más allá está el Day's Eye. Tiene dos propietarios, los Jerauld. Procede de Harwich. Es rápido también, y tiene buena suerte, pero mi padre encontraría peces en un cementerio. Los otros tres que están uno al lado del otro son el Margie Smith, el Rose y el Edith S. Walen. Supongo que mañana veremos al Abbie M. Deering, ¿verdad papá? Todos están durmiendo sobre el banco Queereau.

—No verás muchos botes mañana, Danny —cuando Troop llamaba Danny a su hijo era signo de que el anciano estaba de buen humor—. Chicos, somos demasiados —continuó diciendo dirigiéndose a la tripulación mientras subían a bordo—. Les dejaremos que ceben bien y agarren poco —miró la pesca del depósito, y era curioso ver el poco pescado que había. A excepción del halibut de Harvey, no había más de quince libras sobre la cubierta—. Estoy esperando el buen tiempo —añadió.

—Tiene que ser eso, Disko, porque no hay señal que yo pueda ver —dijo Long Jack, barriendo con la mirada el claro horizonte.

Media hora más tarde, cuando estaban salando, la niebla del banco cayó sobre ellos, «entre pez y pez», como dicen ellos. Venía con rapidez y en espirales, rizándose sobre el agua sin color. Los hombres dejaron de salar sin decir una palabra. Long Jack y el tío Salters metieron los frenos del cabrestante en sus huecos y empezaron a levar el ancla. El cabrestante chirriaba cuando el húmedo cable de cáñamo se tensaba sobre el tambor. Manuel y Tom Platt echaron una mano al final. El ancla subió como un suspiro, y la vela se hinchó cuando Troop la mantuvo firme al timón. «Arriba foque y trinquete», dijo.

Long Jack izaba el foque mientras los demás subían las anillas del trinquete con su característico sonido metálico. El botalón crujió cuando el We're Here cortó el viento y se sumergió en las blancas espirales.

—Hay viento detrás de esa niebla —dijo Troop.

Todo era asombroso para Harvey y lo que más le asombraba era que no oía dar ninguna orden a excepción de algún gruñido ocasional de Troop, que terminó diciendo: «¡Eso está bien, hijo!».

—¿Nunca has visto mover el ancla? —preguntó Tom Platt a Harvey, que estaba boquiabierto al lado del húmedo velamen del trinquete.

—No. ¿Adónde vamos?

—A pescar y a echar el ancla, como descubrirás antes de que lleves una semana a bordo. Todo es nuevo para ti, pero nunca sabemos lo que puede sucedernos. Tom Platt nunca hubiera pensado...

—Es mejor que catorce dólares al mes y una bala en la barriga —dijo Troop, desde el timón.

—Mejor dólares y centavos —respondió el hombre del barco de guerra, mientras hacía algo en un gran foque con un palo de madera atado a ella—. Pero no pensábamos en ello cuando nos ocupábamos de los frenos del cabrestante en el Miss Jim Buck, fuera del puerto de Beaufort, con el Fuerte Maçon disparando a nuestra popa, y con estallidos por todas partes. ¿Dónde estabas tú entonces, Disko?

—Justo aquí, o por los alrededores —replicó Disko—, ganándome mi pan en las aguas profundas, y esquivando a los corsarios de Reb. Siento no poder complacerte en lo de los disparos, Tom Platt, pero supongo que saldremos bien si hay viento antes de ver Eastern Point.

Hubo ahora un incesante azote y murmullo en la proa, que variaba por el ruido sordo y el rocío que sonaba sobre el castillo de proa. Las jarcias rezumaban frías gotas y los hombres holgazaneaban al abrigo del castillo (todos excepto el tío Salters, quien estaba sentado rígidamente en la escotilla principal curándose sus manos heridas).

—Supongo que llevaría estays —dijo Disko, dirigiendo la mirada a su hermano.

—Supongo que no tendría otra utilidad. ¿Qué sentido tiene desperdiciar velamen desplegado? —respondió el granjero-marinero.

El timón se movía casi de forma imperceptible en manos de Disko. Unos segundos después la cresta de una sibilante ola se acercó al barco en diagonal, golpeó con violencia al tío Salters entre los hombros y le empapó de pies a cabeza. Se levantó indignado y se fue a que le alcanzara otra.

—Mira a mi padre persiguiéndole con la mirada por toda la cubierta —dijo Dan—. El tío Salters cree que esa parte de la aleta es nuestro velamen —el tío Salters había buscado refugio en el trinquete, pero una ola rompió contra sus rodillas. El rostro de Disko estaba tan impasible como el aro del timón.

—Supongo que estarías mejor debajo de los estays, Salters —dijo Disko, como si no hubiera visto nada.

—Coloca tu viejo foque, entonces —gruñó la víctima a través de una nube de rocío—. No me culpes a mí si algo ocurre. Penn, baja a tomarte tu café. Sería más sensato que vagabundear por la cubierta con este tiempo.

—Ahora tomarán café y jugarán a las damas hasta que las vacas regresen a casa —dijo Dan, mientras el tío Salters empujaba a Penn hacia el castillo—. Parece como si todo lo hiciéramos por encanto. No hay nada en la creación más ocioso que una tripulación en un banco cuando no se pesca.

—Me alegro de que hables, Danny —exclamó Long Jack, quien había estado dando una vuelta en busca de algún entretenimiento—. Había olvidado que teníamos un pasajero. No hay descanso para quien no conoce las cuerdas. Tom Platt, vamos a enseñarle.

—Esta vez no es mi turno —sonrió Dan—. Tienes que ir solo. Mi padre me enseñó con una cuerda.

Durante una hora Long Jack paseó a su presa de un lado a otro, enseñándole y diciéndole:

—Hay cosas sobre el mar que un hombre debe saber: ver con poca visibilidad o dormir.

No hay mucho equipo en una goleta de setenta toneladas con un trinquete, pero Long Jack tenía el don de la expresión. Cuando deseaba llamar la atención de Harvey hacia las drizas de penol, le clavaba los nudillos al muchacho por la parte posterior del cuello y le hacía mantener la mirada durante medio minuto. Generalmente hacía hincapié en la diferencia entre proa y popa rozando la nariz de Harvey a unos pies del botalón, y la función de cada cuerda se fijaba en la mente de Harvey por el extremo de la cuerda misma.

La lección hubiera sido más fácil si la cubierta hubiese estado libre de obstáculos, pero parecía ser un lugar para todo excepto para un hombre. Delante estaban el cabrestante y su polea, con la cadena y los cables de cáñamo, muy incómodo para el viaje. La chimenea de la estufa del castillo de proa y los recipientes para los desperdicios al lado de la escotilla del castillo, que servían para guardar los hígados del pescado. A popa, el botalón y el saliente de la escotilla principal ocupaban todo el espacio que no era necesario para las bombas y los depósitos de salar. Luego estaban los botes, unos encima de otros, amarrados con anillas cerca del alcázar. La «casa», con barriles y trastos a su alrededor, y por último sesenta pies de botalón en su apoyo, dividiendo todo a su paso, y por donde hay que inclinarse para pasar por debajo y esquivarlo.

Por supuesto que Tom Platt no se quedó impasible. Deambulaba por allí dando descripciones tan largas como innecesarias de velas y palos del viejo Ohio.

—No hagas caso de lo que dice. Atiéndeme a mí. Tom Platt, este barco no es el Ohio y estás confundiendo al muchacho.

—Estará perdido para siempre si sigue de esta manera —alegó Tom Platt—. Dale la oportunidad de conocer unos cuantos principios fundamentales. Navegar es un arte, Harvey; cómo te enseñaría yo si estuvieras conmigo en la proa de...

—Lo sé. Le hablarías hasta hartarle. ¡Silencio, Tom Platt! Ahora, después de todo lo que te he dicho, ¿cómo arrizarías el trinquete, Harvey? Tómate tu tiempo para contestar.

—Tirando de eso —dijo Harvey, señalando a sotavento.

—¿El qué? ¿El Atlántico Norte?

—No, el botalón. Luego se corre la cuerda que me enseñaste por atrás...

—Así no es —irrumpió Tom Platt.

—¡Tranquilo! Está aprendiendo y todavía no sabe todos los nombres. Continúa, Harvey.

—¡Oh, es el gallardete de arrizar. Engancharía la polea al gallardete de arrizar, y luego se baja...

—¡Se arría la vela, niño! ¡Se arría! —dijo Tom Platt desesperado como profesional.

—Se arría el cuello y las drizas de penol —continuó Harvey. Aquellos nombres le martillaban la cabeza.

—Pon la mano encima —dijo Long Jack.

Harvey obedeció.

—Bájala hasta esa cuerda rizada, hasta que el garrucho baje sobre el botalón. Luego yo lo amarraría tal como dijiste tú, y después levantaría las drizas de penol y de cuello de nuevo.

—Has olvidado pasar la amura, pero con tiempo y ayuda aprenderás. Cada cuerda que hay a bordo es buena y tiene su función, o nos iríamos al mar. ¿Me sigues? Te estoy metiendo en el bolsillo dólares y centavos, pequeño sobrecargo flacucho; así que si engordas puedes navegar desde Boston a Cuba y decirles que Long Jack te enseñó. Ahora te seguiré dando una vuelta por el barco, nombrando las cuerdas, y tú pondrás la mano encima de la que te nombre.

Comenzó, y Harvey, que ya se sentía cansado, caminaba lentamente hacia las cuerdas que le nombraba. El extremo de una cuerda le dio en las costillas y casi le dejó sin respiración.

—Cuando tengas tu barco —dijo Tom Platt, con mirada severa—, podrás desaparecer. Hasta entonces cumple todas las órdenes. Una vez más... ¡asegúrate!

Harvey estaba enardecido con el ejercicio y este último golpe le animó a conciencia. Era un muchacho elegante, el hijo de un hombre inteligente y de una mujer sensible, con un excelente carácter decidido, que a fuerza de tantos mimos, se había convertido en testaruda obstinación. Miró a los demás hombres y vio que ni siquiera Dan sonreía. Aquello estaba incluido, sin duda, en el día de trabajo, aunque doliera de aquella forma tan abominable. Así que se tragó la indirecta y sonrió mientras respiraba entrecortadamente. La misma agudeza que le había llevado a aprovecharse de su madre le hacía sentir seguro de que nadie en el barco, a excepción quizá de Penn, aguantaría la más mínima tontería. Uno aprende muchas cosas sólo por el tono con el que se dicen. Long Jack nombró media docena más de cuerdas y Harvey danzaba por la cubierta como una anguila en marea baja mirando a Tom Platt.

—Muy bien, muy bien hecho —dijo Manuel—. Después de cenar te enseñaré una pequeña goleta que hice con todas sus cuerdas. Así aprenderás.

—Menuda clase para un pasajero —dijo Dan—. Yo te enseñaré más cuando estemos de guardia los dos juntos.

—¡Espesa! —gruñó Disko, inspeccionando la niebla que avanzaba sobre la proa. No se veía nada a diez pies más allá del botalón del foque. Mientras tanto, a su lado, la eterna procesión de solemnes y pálidas olas susurraban y se besaban una a otra.

—Ahora te enseñaré algo que Long Jack no sabe —dijo Tom Platt, mientras sacaba de un cajón un escandallo abollado y ahuecado en uno de sus extremos. En el hueco untó sebo de carnero que había en un platillo y siguió adelante—. Te enseñaré cómo vuela la paloma azul. ¡Zape!

Disko manejó el timón para disminuir la velocidad de la goleta, mientras que Manuel, con ayuda de Harvey (y Harvey era un muchacho muy orgulloso), bajó el foque sobre el botalón. El escandallo emitió un sonido profundo cuando Tom Platt lo hizo girar velozmente.

—¡Vamos! —dijo Long Jack con impaciencia—. Estamos a veinticinco pies de la isla Fire y con niebla. No hay truco.

—¡No seas celoso, Galway! —dejó caer el escandallo ya suelto al mar, por delante de la goleta a medida que ésta avanzaba lentamente.

—Largar la sonda tiene su truco —dijo Dan—, cuando de la profundidad depende el trabajo de una semana. ¿Qué profundidad hay, papá?

El rostro de Disko se relajó. Estaba en juego la destreza y el honor de ser el mejor de la flota y su reputación de ser un maestro artista que conocía los bancos con los ojos vendados.

—Puede que sesenta, si juzgo bien —contestó mirando a la diminuta brújula de la ventana de la «casa».

—Sesenta —exclamó Tom Platt, halando las húmedas adujas. La goleta adquirió velocidad de nuevo.

—¡Iza! —dijo Disko, un cuarto de hora después.

—¿Te das cuenta? —susurró Dan mirando a Harvey con orgullo. Pero Harvey estaba demasiado orgulloso de sus propios resultados como para impresionarse en ese momento.

—¡Cincuenta! —dijo el padre—. Confío en que estemos bien situados sobre el Green Bank.

—¡Cincuenta! —gritó Tom Platt. Apenas podían verle a través de la niebla—. El barco se golpeará cuando avancemos una yarda, como los cascos de los barcos en Fort Maçon.

—Coloca el cebo, Harvey —dijo Dan, buscando un aparejo.

La goleta parecía alejarse del buen camino al azar, agitándose su vela con fuerza. Los hombres esperaban y observaban a los muchachos, quienes habían empezado a pescar.

—¡Ya está! —los hilos de Dan se movieron por encima de las marcas de la batayola—. Bueno, ¿cómo demonios lo sabía mi padre? Ayúdanos aquí, Harvey. Es muy grande. Y se ha tragado el anzuelo hasta dentro. Entre todos subieron un bacalao de ojos saltones que pesaba veinte libras. Se había tragado el anzuelo hasta el estómago.

—Está cubierto de cangrejos pequeños —exclamó Harvey dándose la vuelta.

—Los hay en el Great Hook-Block —dijo Long Jack—. Disko, mira por debajo de la quilla.

Anclaron y se prepararon para pescar, cada uno de ellos se colocó en su lugar en los macarrones.

—¿Se pueden comer? —dijo Harvey jadeando, arrastrando otro bacalao cubierto de cangrejos.

—Sí, claro. Cuando hay cangrejos significa que hay miles de peces y cuando se tragan el anzuelo de esa manera es que están hambrientos. No importa de que forma pongas el cebo. Picarán aunque no lleve nada el anzuelo.

—¡Mira!, éste es grande —gritó Harvey mientras metía al pez dando boqueadas y salpicando. Se había tragado el anzuelo hasta dentro, como había dicho Dan—. ¿Por qué no podemos pescar siempre desde el barco en vez de hacerlo desde los botes?

—Se puede hasta que empezamos a salar. Después de eso las cabezas y las entrañas espantarían a los peces hasta Fundy. La pesca desde el barco no es continua, a menos que sepas tanto como mi padre. Dejaremos nuestra pesca de arrastre esta noche. Es más duro para la espalda que pescar desde los botes, ¿comprendes?

Era un trabajo agotador, porque en un bote el agua soporta el peso del pez hasta el último momento, y tú estás a su lado, por así decirlo; pero levantarlo hasta la cubierta de una goleta, aunque sólo sean unos cuantos pies, supone un gran esfuerzo y el pasarlo por encima de los macarrones te aplasta el estómago. Pero es una diversión frenética y salvaje mientras dura y a bordo queda un gran montón cuando los peces dejan de morder el anzuelo.

—¿Dónde están Penn y el tío Salters? —preguntó Harvey, sacudiéndose el cieno del impermeable y recogiendo el sedal con cuidado, imitando a los demás.

—Ve a por el café y mira.

Bajo la amarillenta luz de la lámpara y sentados a la mesa, ajenos totalmente a la pesca o al tiempo, jugaban a las damas los dos, gruñendo el tío Salters a cada movimiento de Penn.

—¿Qué pasa ahora? —dijo el primero, cuando Harvey, con una mano en la barandilla de cuero de la escalerilla, llamó a voces al cocinero.

—Peces grandes cubiertos de cangrejos —respondió Harvey—. ¿Cómo va la partida?

La mandíbula del pequeño Penn se relajó.

—No es culpa suya —dijo el tío Salters con brusquedad—. Penn es un poco sordo.

—A las damas, ¿no? —preguntó Dan cuando Harvey se acercó a él tambaleándose con el humeante café en un recipiente de metal—. Eso nos librará de limpiar esta noche. Mi padre es un hombre justo. Tendrán que hacerlo ellos.

—Y dos jóvenes que conozco pondrán carnada en las redes mientras ellos limpian —dijo Disko, girando el timón.

—Supongo que preferiría limpiar, papá.

—No lo dudes. ¡A salar! ¡A salar! Penn pinchará el pescado mientras vosotros dos ponéis carnada.

El tío Salters arrastró los pies hacia su lugar en la mesa.

—Este cuchillo está desafilado, Dan.

—Si alargar cable no te despabila, supongo que sería mejor que contrataras a un grumete propio —dijo Dan enredándose en la oscuridad en las cubas llenas de redes de arrastre amarradas al cabrestante del castillo—. ¡Oh, Harvey! ¿No quieres bajar a poner carnada?

Disko dijo a los muchachos que pusieran como cebo las mejores entrañas de los bacalaos ya limpios. Las cubas estaban llenas de hilos enrollados con habilidad, con un gran anzuelo cada pocos pies. Examinar y poner carnada en cada uno de los anzuelos, manteniéndolos separados para lanzarlos desde el bote, era una labor que requería mucha técnica. Dan los manejaba en la oscuridad, sin mirar, mientras que Harvey se enganchaba los dedos en las puntas y maldecía su suerte. Pero los anzuelos se escapaban entre los dedos de Dan como el encaje de hilo en el regazo de una anciana dama.

—Yo ayudaba a poner carnada en las redes de arrastre en la costa, antes de saber andar —dijo—. Pero es siempre el mismo trabajo tedioso. ¡Oh, papá! —gritó hacia la escotilla donde Disko y Tom Platt estaban salando—. ¿Cuántas crees que necesitaremos?

—Unas tres. ¡Rápido!

—Hay trescientas brazas para cada red —explicó Dan—, más que suficiente para esta noche. ¡Ay!, me confundí —se puso el dedo en la boca—. Te digo, Harvey, que no hay dinero suficiente en Gloucester para hacer que me embarque en una goleta que se dedique a la pesca de arrastre. Puede que sea un avance, pero es el trabajo más entretenido y aburrido de la tierra.

—No sé lo que es esto, si esto no es pesca de arrastre —dijo Harvey malhumorado—. Mis dedos están reventados.

—¡Bah! Es uno de los experimentos de mi padre. Él no pesca con redes de arrastre si no existe una buena razón para ello. Mi padre lo sabe. Por eso se pone esta carnada. Estarán llenas cuando las saquemos.

Penn y el tío Salters estaban limpiando como había ordenado Disko, pero los chicos se beneficiaron poco. Tan pronto como estuvieron preparadas las redes, Tom Platt y Long Jack, que habían estado examinando el interior de un bote con un farol, las recogieron rápidamente y las cargaron en el bote con algunas pequeñas boyas pintadas, y bajaron el bote hacia lo que Harvey consideró un mar encrespado.

—Se ahogarán. El bote va cargado como un vagón —gritó.

—Volveremos —dijo Long Jack—, y en caso de que no tengáis que buscarnos, os daremos una paliza a los dos si se enredan las redes.

El bote se levantó sobre la cresta de una ola, y justo cuando parecía imposible evitar hacerse pedazos contra la goleta, se deslizó sobre el borde y la oscuridad se lo tragó.

—Toma y no dejes de hacer sonar la campana —dijo Dan, entregándole a Harvey la cuerda de una campana que colgaba de detrás del cabrestante.

Harvey tocaba con la angustia de que dos vidas dependían de él. Pero Disko, que estaba en el castillo garabateando en un cuaderno, no parecía un asesino, y cuando fue a cenar incluso casi sonrió secamente al angustiado Harvey.

—No es por el tiempo que hace —dijo Dan—. Tú y yo podríamos echar esas redes de arrastre. Sólo se han alejado lo suficiente para no enredarse con nuestro cable. En realidad no necesitan la campana. «¡Clang! ¡Cling! ¡Clang!». Harvey no dejó de hacerla sonar durante media hora. Se oyó un golpe en un costado. Manuel y Dan se apresuraron a agarrar los ganchos de los aparejos del bote. Long Jack y Tom Platt llegaron juntos a cubierta, al parecer con medio Atlántico Norte a sus espaldas, y el bote les siguió por el aire, bajándolo con estrépito.

—Ni un enredo —dijo Tom Platt goteando—. Danny, lo hiciste muy bien.

—Tendremos el placer de que nos acompañéis en el banquete —dijo Long Jack, chapoteando con sus botas mojadas mientras brincaba como un elefante y clavaba un brazo de piel aceitada en el rostro de Harvey—. Nos dignaremos honrar la segunda tanda con nuestra presencia —y se fueron a cenar los cuatro. Harvey se llenó de sopa de pescado y de empanada y se quedó dormido antes de que Manuel sacara de un cajón una preciosa maqueta de dos pies de largo del Lucy Holmes, su primer barco, para enseñarle a Harvey las cuerdas. Harvey ni siquiera movió un dedo cuando Penn lo llevó a su litera.

—Tiene que ser algo triste... muy triste —dijo Penn, observando el rostro del muchacho—, para su madre y su padre que piensen que está muerto. Perder un hijo... ¡Perder un hijo!

—¡Olvídate de eso, Penn! —dijo Dan—. Ve a terminar tu partida con el tío Salters. Dile a mi padre que haré la guardia de Harvey si no le importa. Él está agotado.

—Muy buen chico —dijo Manuel, quitándose las botas y desapareciendo en las oscuras sombras de la litera baja—. Esperamos que sea un buen hombre, Danny. Yo no creo que esté tan loco como dice tu padre, ¿eh?

Dan rio, pero la carcajada terminó en un ronquido.

Hacía mal tiempo en el exterior, el viento se levantaba y los más mayores hacían la guardia. Las horas sonaban claramente en el castillo, el mar azotaba el saliente de proa. El tubo de la chimenea del castillo silbaba y chisporroteaba cuando le alcanzaba el rocío del agua, y los muchachos dormían, mientras Disko, Long Jack, Tom Platt y el tío Salters, cada uno en su turno, caminaban por la popa para vigilar el timón, luego comprobaban que el ancla estuviera sujeta o que el cable no rozara, sin descuidar la débil luz de posición en cada recorrido.

CAPÍTULO IV

Harvey despertó cuando estaba desayunando el primer grupo; la puerta del castillo de proa estaba abierta y cada pulgada cuadrada de la goleta se hacía eco de las voces. El enorme cocinero negro mantenía el equilibrio detrás de una diminuta cocina situada sobre la estufa, y las sartenes y las cacerolas, colocadas sobre un tablero de madera agujereado, hacían ruido al chocar cada vez que descendía el barco. El castillo de proa subía, levantándose y agitándose para luego, descendiendo en picado, como una hoz, meterse en el mar. Se podía oír el chapoteo del agua en la brillante proa, y tras una breve pausa, las aguas divididas caían sobre la cubierta, como una lluvia de perdigones. A continuación el sonido del cable en su agujero, el chirrido del cabrestante, un viraje, una patada y un puntapié, y el We´re Here los arropaba a todos para repetir sus movimientos.

—Ahora, a tierra —oyó decir a Long Jack—; tenemos tarea y tenemos que hacerla haga el tiempo que haga. Aquí no hay barcas y no tenemos tarea... y eso es una bendición. Buenas noches a todos, —se deslizó como una gran serpiente desde la mesa a su litera, y comenzó a fumar. Tom Platt siguió su ejemplo. El tío Salters y Penn subieron por la escalera, pues empezaba su guardia, y el cocinero dispuso la mesa para la «segunda tanda».

Harvey salió de su litera cuando otros entraban a las suyas, entre sacudidas y bostezos. Comió hasta más no poder. Después Manuel encendió su pipa con un tabaco horrible, se instaló entre el trinquete y una de las literas de delante, colocó los pies sobre la mesa y sonrió tierno e indolente al humo. Dan estaba tendido en su litera, luchando con un llamativo acordeón dorado, cuya melodía iba acorde con los movimientos del We´re Here. El cocinero, con los hombros apoyados sobre el armario en el que guardaba las empanadas (a Dan le encantaban las empanadas), pelaba patatas mientras vigilaba la cocina por si caía demasiada agua por la chimenea. Resultaba indescriptible el aire espeso y el olor que allí había.

Harvey pensaba en todo aquello y se preguntaba cómo no se había puesto enfermo, y de nuevo se metió lentamente en su litera, siendo el lugar más blando y más seguro, mientras Dan interpretaba *No quiero jugar en tu patio,* tan fielmente como permitían las sacudidas.

—¿Cuánto tiempo durará esto? —preguntó Harvey a Manuel.

—Hasta que se calme un poco el tiempo y podamos recoger las redes. Esta noche quizá. Dos días más quizá. No te gusta, ¿eh?

—Me hubiera vuelto loco si hubiera sido hace una semana, pero ahora no me molesta... mucho.

—Es porque hemos hecho de ti un pescador estos días. Yo en tu lugar, cuando llegara a Gloucester, encendería dos o tres cirios por tu buena suerte.

—¿A quién?

—¡Hombre!, a la Virgen de nuestra iglesia de la colina. Se porta siempre muy bien con los pescadores. Ésa es la razón por la que se ahogan tan pocos portugueses.

—¿Entonces eres católico?

—Soy un hombre de Madeira, no un muchacho de Puerto Rico. ¿Tendría que ser baptista? ¿Eh? Siempre ofrezco velas: dos, tres o más cuando llego a Gloucester. La Virgen buena nunca se olvida de mí, de Manuel.

—Yo no creo que sea así —Tom Platt salió de su litera. Su rostro marcado por la cicatriz se iluminó con el resplandor de su pipa al aspirar—. El mar es el mar, y da igual lo que lleves, cirios o queroseno.

—Puede que sea bueno tener un amigo así —dijo Long Jack—. Es mi modo de pensar o el de Manuel. Hace unos diez años fui tripulante de un barco de mercancías. Salimos del arrecife de Minot con viento del nordeste que fue arreciando. El anciano había bebido, su barbilla se movía sobre el timón y me dije a mí mismo: «Si vuelvo a ver un embarcadero, le mostraré a los santos de qué clase de tripulación me han salvado». Ahora estoy aquí, como podéis ver, y la maqueta del viejo y sucio Kathleen, que tardé un mes en hacer, se la ofrecí al párroco y la colgó en la bóveda del altar. Tiene más sentido ofrecer una maqueta, que es una obra de arte por cierto, que una vela. Se pueden comprar velas en la tienda, pero una maqueta muestra a los buenos santos que has estado en apuros y estás agradecido.

—¿Crees eso, irlandés? —preguntó Tom Platt, girando sobre su codo.

—¿Lo haría si no lo creyera, Ohio?

—Enoch Fuller hizo una maqueta del viejo Ohio, y ahora está en el museo de Salem. Una maqueta realmente preciosa también, pero supongo que Enoch lo hizo a modo de sacrificio.

Durante más de una hora estuvieron discutiendo de esa forma que tanto gusta a los marineros, en la que se habla y se habla y nadie demuestra nada al final. Dan interrumpió la cháchara cantando:

Saltó la caballa con su rayado dorso.
Arriza la mayor y hala la amura,
pues de mucho viento es el tiempo.

Long Jack se unió a él:

Y en tiempo ventoso,
cuando el viento empieza a soplar,
a toda la tripulación reunirá.

Dan continuó, mirando cauto a Tom Platt y sosteniendo el acordeón sobre la litera:

Saltó el bacalao con su boba cabeza,
fue hacia las cadenas a morder el anzuelo,
pues de mucho viento es el tiempo, etc.

Tom Platt buscaba algo al parecer. Dan se agachó, pero cantó en voz más alta:

Saltó la platija que nada hacia la tierra.
¡Boba cabeza! ¡Boba cabeza! ¡Cuidado!

La enorme bota de goma de Tom Platt cruzó el castillo de proa dando vueltas en el aire y terminó en el brazo levantado de Dan. Siempre había guerra entre este hombre y el muchacho desde que

Dan había descubierto que simplemente con silbar esa melodía Tom Platt se enfurecía.

—La recogí —dijo Dan devolviéndole el regalo con precisión—. Si no te gusta mi música, saca tu violín. No voy a quedarme aquí todo el día a escuchar cómo discutís tú y Long Jack sobre cirios. El violín, Tom Platt, o le enseñaré a Harvey la canción.

Tom Platt se inclinó y sacó de un cajón un viejo violín blanco. Manuel, con ojos brillantes, sacó de algún lugar de detrás del palo trinquete algo parecido a una guitarra diminuta con cuerdas de alambre, que él denominaba «machete».

—Será un concierto —dijo Long Jack, sonriendo a través del humo—, como los conciertos de Boston.

Hubo una lluvia de gotas cuando se abrió la escotilla, y Disko descendió con su impermeable amarillo.

—Llegas justo a tiempo, Disko. ¿Qué tal va todo ahí afuera?

Se dejó caer sobre los cajones por el empuje y la sacudida del We´re Here.

—Estábamos cantando para bajar el desayuno. Tú nos guiarás, por supuesto —dijo Long Jack.

—Creo que no conozco más de dos viejas canciones y las dos las habéis oído.

Tom Platt interrumpió sus excusas empezando una triste melodía sobre quejidos del viento y crujidos de mástiles. Con los ojos fijos en las vigas del techo, Disko empezó esta cancioncilla antigua, muy antigua. Tom Platt hacía los arreglos necesarios para ajustar un poco la melodía a la letra de la canción:

> *Hay un barco veloz, un barco veloz de gran fama,*
> *sale de Nueva York, y Dreadnought se llama.*
> *Hable usted de barcos veloces, del Swallowtail y del Black*
> *[Ball,*
>
> *Pero a todos derrota el Dreadnought.*
> *Ahora el Dreadnought está en el río Mersey,*
> *el remolcador al mar lo llevará,*
> *pero cuando eche la sonda tú lo sabrás.*

(Coro)

Es el barco de Liverpool. ¡Oh, Señor, permitidle partir!
Ahora el Dreadnought brama en los bancos de Terranova,
donde poco profunda es el agua y el fondo es de arena.
Mira a esos pececillos que nadan aquí y allí.

(Coro)

Es el barco de Liverpool. ¡Oh, Señor, permitidle partir!

Siguieron los versos, porque él conocía cada milla del rumbo del Dreadnought desde Liverpool a Nueva York como si estuviera en la misma cubierta del barco. El acordeón se movía arriba y abajo y el violín gemía a su lado. Tom Platt siguió con una canción sobre «el rudo y bravucón M'Ginn, quien dirigiría la embarcación». Luego pidieron a Harvey que contribuyera a aquella diversión, lo cual le halagó mucho, pero todo lo que podía recordar era parte de *El viaje del capitán Ireson* que había aprendido en el campamento en los Adirondacks. Parecía lo más apropiado para ese momento y ese lugar, pero nada más mencionar el título, Disko dio una fuerte patada en el suelo y exclamó:

—¡No sigas, muchacho! Es todo mentira, y de la peor clase.

—¿Qué es mentira? —dijo sorprendido y algo enfadado.

—Todo lo que vas a decir —dijo Disko—. Es todo falso desde el principio hasta el final. No es que quiera darle la razón a un hombre de Marblehead, pero Ireson no cometió ninguna falta. Mi padre me contó la historia una y otra vez.

—Por centésima vez —dijo Long Jack.

—Ben Ireson era capitán del Betty, muchacho, que regresaba de los bancos. Esto sucedió antes de la guerra de 1812, pero la justicia es la justicia en todas las épocas. Se encontraron con el Active, de Portland, capitaneado por Gibbons. Le encontraron con una vía de agua cerca del faro de Cabo Cod. Había una terrible tormenta y estaban intentando llevar a puerto al Betty de la forma más rápida. Pues bien, Ireson dijo que era peligroso lanzar un bote de rescate al mar. Los hombres se negaron y se colocaron delante de ellos para permanecer allí hasta que amainara la tormenta. Sus hombres se negaron a quedarse cerca de Cabo Cod, tuviera o no una vía de agua el otro barco. Se alejaron, y naturalmente se llevaron a Ireson con ellos. Los habitantes de Marblehead se enfurecieron con él por no correr el riesgo, y por consiguiente al día siguiente, cuando el mar estaba en calma (nunca se detuvieron a pensar en ello) algunos hombres del Active fueron rescatados por hombres de Truro. Llegaron a Marblehead contando su versión de la historia, diciendo que Ireson les había abandonado y cosas así. Y al ver los hombres de Ireson a todo el pueblo en contra suya, le dieron la espalda a su capitán y juraron que él era el responsable de aquel acto. Dicen que las mujeres pintaron y emplumaron a Ireson (aunque las mujeres de Marblehead nunca actuarían así). Tuvieron que ser muchachos u hombres, y le llevaron en un bote viejo por toda la ciudad hasta que se destrozó el fondo. Ireson les dijo que lo sentirían algún día. Bueno, los hechos se conocieron más tarde, como suele suceder, pero se conocieron demasiado tarde para que un hombre honrado se beneficiara de ello. Whittier dio fin a esa historia falsa, y pintaron y emplumaron a Ben Ireson una vez más hasta que murió. No fue la única vez que Whittier metió la pata. Yo zurré bien a Dan cuando regresó de la escuela con esa canción. Tú tampoco sabes la verdad, por supuesto. Pero yo te expongo los hechos, para que los recuerdes siempre. Ben Ireson no era de esa clase de hombre que Whittier creó. Mi padre le conocía bien, antes y después de aquel asunto, y has de tener cuidado a la hora de hacer un juicio, muchacho.

Harvey nunca había oído hablar a Disko durante tanto tiempo, y se desmoronó con las mejillas encendidas, pero como dijo Dan enseguida, un muchacho sólo puede aprender lo que le enseñan en la escuela y la vida es demasiado breve para seguir la pista a cada mentira que se cuenta por la costa.

Entonces Manuel comenzó a tocar el discordante «machete» y cantó algo en portugués sobre una Niña inocente, terminando con un movimiento de todas las cuerdas que les sobresaltó. Luego Disko se dispuso a cantar su segunda canción, con una melodía pasada de moda y chirriante, y todos se unieron al coro: Ésta es una de las estrofas:

> *Termina abril y se funde la nieve,*
> *allá en Noo Bedford hemos de sirgar en breve;*
> *sí, fuera de Noo Bedford nos marchamos en breve,*
> *somos los balleneros, los que nunca vemos el trigo en espigas.*

Aquí el violín sonó suavemente en solitario, y después:

Trigo en espigas, ramo de mi amor;
trigo en espigas, nos vamos al mar;
trigo en espigas, otros te sembrarán,
cuando regrese serás una hogaza de pan.

Harvey se emocionó, aunque no sabía por qué. Pero fue mucho peor cuando el cocinero dejó las patatas y pidió el violín. Apoyado todavía sobre la puerta del armario, hizo sonar una melodía de esas que son algo muy malo pero que no se puede evitar. Después de cantar en una lengua desconocida, apoyó la barbilla sobre el violín y brilló su mirada a la luz de la lámpara. Harvey se incorporó en su litera para oír mejor, y en medio de los maderos que crujían y del sonido del agua, se oyó el suave canto melancólico, como el de las olas en la espesa niebla, hasta que terminó con un lamento.

—¡Santo cielo! Se me está poniendo carne de gallina —exclamó Dan—. ¿Qué demonios es eso?

—El canto de Fin M'Coul cuando se dirigía a Noruega —dijo el cocinero. No hablaba muy bien el inglés, pero era claro, como si procediera de un fonógrafo.

—Yo he estado en Noruega, pero no hacía ese ruido tan desagradable. Aunque le sucede como a las canciones antiguas —dijo Long Jack suspirando.

—Cantemos otra menos triste —dijo Dan, y en el acordeón sonó una melodía rápida y pegadiza que terminaba:

Veintisiete domingos sin ver tierra
con mil quinientos quintales,
y mil quinientos quintales,
mil quintales,
entre el viejo Queeraeu y Grand.

—¡Basta! —bramó Tom Platt—. ¿Quieres estropearnos el viaje? Seguro que es un Jonás, a menos que la cantes después de haber salado todo.

—No, no lo es, ¿verdad, papá? No a menos que cante hasta el último verso. No puedes enseñarme nada sobre Jonás.

—¿Qué es eso? —preguntó Harvey—. ¿Qué es un Jonás?

—Un Jonás es algo que trae mala suerte. Algunas veces es un hombre, otras veces es un muchacho, o incluso un balde. Sé de cuchillo que era un Jonás. Lo tuvimos durante dos viajes —dijo Tom Platt—. Hay muchas clases de Jonás. Jim Bourke fue uno de ellos hasta que se ahogó en Georges. Nunca hubiera embarcado con Jim Bourke, aunque hubiese estado muerto de hambre. Había un bote verde en el Ezra Flood. También era un Jonás, y uno de los peores. Ahogó a cuatro hombres y solía brillar con intensidad por las noches.

—¿Y creéis en eso? —dijo Harvey recordando lo que había dicho Tom Platt sobre los cirios y las maquetas—. ¿Tenemos que admitir siempre lo que otros piensan?

Hubo discrepancias entre dientes en las literas.

—Afuera, sí. Dentro pueden suceder cosas —dijo Disko—. No te burles de los Jonases, muchacho.

—Bueno, Harvey no es ningún Jonás —interrumpió Dan—, al día siguiente de pescarle tuvimos muy buena pesca.

El cocinero sacudió la cabeza y se rio de repente, con una risa extraña. Era el negro más desconcertante.

—¡Asesino! —dijo Long Jack—. No hagas eso de nuevo, doctor. No lo empleamos para eso.

—¿Qué ha pasado? —preguntó Dan—. ¿No es nuestra mascota y no nos ha ido bien desde que le atrapamos?

—¡Oh, sí! —dijo el cocinero—. Ya lo sé, pero la pesca no ha terminado todavía.

—No va a hacernos ningún daño —dijo Dan acaloradamente—. ¿Qué estás insinuando? Todo va bien con él.

—Ningún daño. No. Pero algún día será tu amo, Danny.

—¿Eso es todo? —dijo Dan con tranquilidad—. No lo será, ni lo más mínimo.

—¡Amo! —dijo el cocinero, señalando a Harvey—. ¡Siervo! —y señaló a Dan.

—Eso es nuevo. ¿Cuándo? —dijo Dan riéndose.

—Dentro de unos años, y yo lo veré. Amo y siervo... siervo y amo.

—¿Cómo demonios has llegado a pensar eso? —preguntó Tom Platt.

—Lo veo en mi mente.

—¿Cómo? ¿Por qué éste entre todos los demás?

—No lo sé, pero así será —bajó la cabeza y continuó pelando patatas y no le sacaron ni una palabra más.

—Bueno —dijo Dan—, tienen que pasar muchas cosas antes de que Harvey sea mi amo, pero me alegro de que el doctor no haya decidido marcarle como Jonás. Ahora creo que el único Jonas que hay aquí es el tío Salters con su suerte especial. No sé si se extiende como la viruela. Debía serlo en el Carrie Pitman. Ese barco es su propio Jonás, seguro... No importa la tripulación ni el equipo que lleve para que vaya a la deriva. ¡Santo cielo! Se perderá hasta con el tiempo en calma.

—Por cierto, no hay barcos alrededor —dijo Disko—. Ni siquiera el Carrie Pitman —hubo un golpeteo en la cubierta.

—El tío Salters ha pescado su suerte —dijo Dan al marcharse su padre.

—Ya está despejado —gritó Disko, y todos los del castillo de proa subieron a tomar un poco de aire fresco. La niebla había desaparecido, pero un mar sombrío iba tras ellos en grandes intercalados. Cuatro o cinco albatros describían círculos alrededor, gritando mientras pasaban por encima de la proa. Los chubascos se alejaban sin rumbo y volvían con el viento hasta que desaparecían de nuevo.

—Creo que he visto moverse algo allí —dijo el tío Salters, señalando al nordeste.

—¿No puede ser alguno de la flota? —dijo Disko, mirando fijamente, con una mano en la pasarela del castillo de proa para sujetarse bien—. El mar está muy agitado. Danny, ¿quieres subir a ver cómo están nuestras redes de arrastre?

Danny, con sus grandes botas, trotó más que trepó por la jarcia principal (esto consumía de envidia a Harvey), se agarró a las crucetas que se tambaleaban y recorrió el horizonte con la mirada hasta que consiguió ver una diminuta bandera negra sobre el oleaje a una milla de distancia.

—Parece que está bien —dijo Dan—. Navega a la deriva hacia el norte bajando como el humo. Parece una goleta como la nuestra.

Sin embargo, esperaron media hora más; el cielo se aclaraba parcialmente, el sol parpadeaba débilmente de cuando en cuando creando manchas verde oliva sobre el agua. Luego apareció un palo de trinquete, que se escondió y desapareció para elevarse de nuevo con la siguiente ola. Las velas eran de color rojo habano.

—¡Francés! —gritó Dan.

—No es francés —dijo Disko—. Salters, tu maldita suerte aprieta como un tornillo en un barril.

—Tengo ojos en la cara. Es el tío Abishai.

—No puedes saberlo con seguridad.

—El rey de los Jonases —gruñó Tom Platt—. Oh, Salters, Salters, ¿por qué no estabas durmiendo en tu cama?

—¿Cómo podía saberlo? —dijo el pobre Salters mientras la goleta se balanceaba.

Podría haber sido el mismo Flying Dutchman, de lo sucios y desordenados que estaban los palos y cuerdas de a bordo. Su anticuado alcázar medía unos cuatro o cinco pies de altura, y sus jarcias, llenas de nudos y enredadas como las algas en un muelle, se movían en todas direcciones. Navegaba veloz delante del viento: virando de forma terrible, su vela de estay estaba abajo haciendo las veces de trinquete («escandalosa» la llaman), y su botalón tensado se sujetaba por encima del costado. El bauprés se erguía como el de una fragata antigua. El botalón de foque estaba cosido, clavado y sujeto con abrazaderas, y ya no era posible repararlo más, y cuando viró en redondo y se apoyó sobre su ancho faldón, a todos les pareció una anciana malvada, descuidada y desaliñada, mirando con desprecio a una muchacha decente.

—Es Abishai —dijo Salters—. Lleno de ginebra y de hombres Judique, y la providencia se impone y nunca consigue una buena pesca. Van deprisa a echar carnada.

—Se irá deprisa al fondo —dijo Long Jack—. No tiene aparejos para este tiempo que hace.

—No los tiene, ni los ha tenido desde hace tiempo —replicó Disko—. Vigila que no nos lleve él al fondo a nosotros. ¿No cabecea demasiado, Tom Platt?

—Es su forma de cargarlo, ese barco no es nada seguro —dijo el marinero con lentitud.

El barco se movió con violencia, viró en redondo haciendo ruido y se colocó frente al viento.

Sobre los macarrones apareció una barba gris, y una voz ronca balbució algo que Harvey no entendió. Pero el rostro de Disko se ensombreció. «Pone en peligro cada palo de su barco para llevar malas noticias. Dice que va a cambiar el tiempo. Que va a empeorar. ¡Abishai! ¡Abishai!». Hacía señas con el brazo, subiéndolo y bajándolo, y señalaba hacia delante. La tripulación se burlaba de él y se reía.

—¡Deja el trabajo y vete! —gritó el tío Abishai—. ¡Un temporal! ¡Se acerca un temporal! Preparad vuestro último viaje, abadejos de Gloucester. No veréis más Gloucester, ¡nunca más!

—Tan loco como siempre —dijo Tom Platt—. Ojalá no nos hubiese espiado.

Se alejaron y dejaron de oírse las voces, aunque el hombre de la barba gris gritó algo sobre un baile en la bahía de los Toros y un hombre muerto en el castillo de proa. Harvey se estremeció. Había visto la desordenada cubierta inclinada y una tripulación de aspecto violento.

—Y ahí va un pequeño infierno flotante a su rastreo —dijo Long Jack—. Me pregunto qué daño habrá hecho en la costa.

—Es un barco que se dedica a la pesca de arrastre —le explicó Dan a Harvey— y recorre toda la costa con sus redes. No se va a casa. Sólo toca puertos del sur y del este —señaló con la cabeza en dirección a las desiertas playas de Terranova—. Mi padre no quiere llevarme nunca a esa costa. Toda la tripulación es muy bravucona y Abishai es el más bravucón de todos. ¿Viste su barco? Bueno, pues dicen que tiene unos setenta años, el último «cascarón» de la antigua Marblehead. Ya no le hacen alcázares, aunque Abishai no suele ir a Marblehead, no quiere ir allí. Va de un lado a otro, lleno de deudas, pescando con red de arrastre y echando maldiciones como las que has oído. Lleva muchos años siendo un Jonás. Consigue licores de los botes de Feecamp a cambio de echar maldiciones y de los vientos que les vende y otras cosas así. Supongo que está loco de remate.

—No bajaremos la red esta noche —dijo Tom Platt casi desesperado—. Ha venido hasta nosotros para echarnos una maldición.

El destartalado «cascarón» bailaba bajo el viento tambaleándose y le seguían todas las miradas. De repente el cocinero gritó con su voz de fonógrafo:

—Es su propia muerte la que le hace hablar así. Está condenado, condenado, os digo. ¡Mirad!

Navegaba sobre el agua iluminada por el sol a tres o cuatro millas de distancia. Las sombras del agua aparecían y desaparecían, e incluso la luz viajaba con la goleta. Cayó en la sima de las olas y... desapareció.

—¡Se ha hundido en el Great Hook-Block! —gritó Disko saltando a popa—. Borrachos o sobrios, tenemos que ayudarles. Levad anclas y partamos. ¡Deprisa!

Harvey cayó sobre la cubierta por la sacudida que siguió a la colocación del foque y del trinquete, porque tensaron el cable, y para ahorrar tiempo, tiraron con fuerza del ancla, cargándola en el barco a medida que se alejaban. Es un caso de fuerza extrema a la que rara vez se recurre, salvo en casos de vida o muerte, y el pequeño We´re Here se quejaba como un ser humano. Llegaron a donde había desaparecido la embarcación de Abishai, y encontraron dos o tres redes de arrastre, una botella de ginebra y un bote roto, pero nada más.

—Dejadlo todo donde está —dijo Disko, aunque nadie había hecho intención de recoger nada—. No llevaría nada a bordo que hubiera pertenecido a Abishai. Supongo que el barco se ha hundido. Un barco más que no ha llegado a puerto por su tripulación borracha.

—¡Bendito sea el Señor! —exclamó Long Jack—. Hubiésemos tenido la obligación de ayudarles de haber estado sobre la superficie del agua.

—Yo también pienso así —dijo Tom Platt.

—¡Condenado! ¡Condenado! —dijo el cocinero, con los ojos en blanco—. Se ha llevado su propia suerte.

—Creo que será algo muy bueno hablar con la flota cuando la veamos —dijo Manuel. Estiró las manos con un indescriptible gesto, mientras Penn estaba sentado y lloraba de puro horror y lástima por todo aquello. Harvey no podía darse cuenta de que había visto la muerte en el inmenso océano, pero se sintió muy enfermo.

Entonces Dan subió a las crucetas y Disko las dirigió para tener a la vista sus redes de arrastre, antes de que la niebla cubriera de blanco el mar una vez más.

—Pasaremos deprisa por aquí —fue todo lo que dijo a Harvey—. Crees que sucedió como por encanto, muchacho, pero fue el alcohol.

Después de cenar, el tiempo ya se había calmado y pescaron desde la cubierta (Penn y el tío Salters trabajaron con entusiasmo esta vez) y hubo una buena pesca.

—Abishai se ha llevado su suerte con él —dijo Salters—. El viento no ha vuelto. ¿Qué hay de la red? No me gustan las supersticiones.

Tom Platt insistía en que hubiera sido mejor recoger las redes y buscar otro lugar donde echar el ancla. Pero dijo el cocinero:

—La suerte tiene dos caras. Ya lo descubrirás. Lo sé.

Tanta gracia le hizo a Long Jack el comentario, que intimidó a Tom Platt y salieron los dos juntos.

Recoger una red significa tirar de ella por un costado del bote, recoger los peces, colocar cebos nuevos en los anzuelos y echarla de nuevo al mar (algo así como poner y quitar alfileres en la ropa). Es una tarea larga y pesada, y bastante peligrosa, porque la red pesa mucho y puede volcar el bote en un momento de descuido. Sin embargo, cuando oyeron resonar en la niebla: «Y ahora a ti, ¡oh, capitán!», se animó la tripulación del We´re Here. El bote giraba a su lado bien cargado. Tom Platt gritó a Manuel para que fuera en su ayuda.

—La suerte tiene dos caras —dijo Long Jack, pinchando el pescado, mientras Harvey seguía boquiabierto por la habilidad con la que el bote se había librado de la destrucción—. Una cara era la de las calabazas. Tom Platt quería alejarse de allí, pero yo dije que quería comprobar la segunda visión del doctor, y la otra cara ha surgido llena de enormes peces. Deprisa, Manuel, y trae más carnada. La buena suerte flota esta noche.

Los peces seguían mordiendo los anzuelos, y Tom Platt y Long Jack subían y bajaban metódicamente la red de arrastre, la proa del bote se levantaba bajo la húmeda línea de anzuelos, dejando a la vista los cohombros de mar que ellos llaman calabazas, echando los bacalaos recién pescados al bote de Manuel, llenándolo a rebosar, hasta el anochecer.

—No me arriesgaré —dijo Disko entonces—, no con él flotando alrededor tan cerca de nosotros. Abishai no se hundirá hasta dentro de una semana. Subid los botes, salaremos después de cenar.

Salaron con energía, y tres o cuatro orcas resoplaban por los alrededores. La tarea duró hasta las nueve, y se oyó la risa de Disko tres veces, mientras Harvey arrojaba el pescado abierto a la bodega.

—Estás trabajando muy deprisa —dijo Dan mientras afilaban los cuchillos después de que los hombres se los hubieran devuelto—. Han sucedido cosas esta noche en el mar y no te he oído hacer ningún comentario.

—Estoy demasiado ocupado —respondió Harvey, probando el filo del cuchillo—. Piensa en ello, el barco tiene agallas.

La pequeña goleta retozaba alrededor de su ancla, entre olas de plata. Se echaba hacia atrás con simulada sorpresa al ver el cable tenso. Saltaba sobre él como un gatito. Al descender salpicaba el agua contra las cuerdas como el estallido de un disparo. Sacudiendo su cabeza parecía decir: «Lo siento mucho, pero no puedo quedarme contigo más tiempo. Me voy al norte», y se alejaba suavemente, y de pronto se detenía con un espectacular cascabeleo de su aparejo. «Como iba a decir...», empezaría diciendo con la misma gravedad de un borracho dirigiéndose a una farola. El resto de la frase (sus palabras eran mudas, por supuesto) se perdía en el movimiento, se comportaba como un cachorro que mordisquea una cuerda, como una mujer torpe sobre una silla de montar, como una gallina cuando le cortan la cabeza, o como una vaca a la que le pica un avispón. Exactamente igual la manejaban los caprichos del mar.

—Mira cómo interpreta su papel. Ahora es Patrick Henry —dijo Dan.

La goleta giró de costado sobre una gran ola, y gesticuló con su foque de babor a estribor.

—Dame la libertad o dame... la muerte.

Se situó en el sendero iluminado por la luna, haciendo una reverencia con admirable orgullo que el timón tuvo que rectificar.

Harvey se rio de buena gana.

—¡Parece un ser vivo! —dijo.

—Es tan estable como una casa y tan seca como un arenque —dijo Dan con entusiasmo, mientras andaba por la cubierta rociado de agua—. Esquívalos, esquívalos y no te acerques a mí —dice el barco—. ¡Mírala, sólo mírala! ¡Caramba! Verías a uno de esos palilleros levar su ancla sobre quince brazas de profundidad.

—¿Qué es un palillero, Dan?

—Esas barcas nuevas para pescar abadejos y arenques. Es un velero elegante por la proa, con bauprés en punta y una «casa» tan grande como nuestra bodega. He oído decir que el burgués mismo ha hecho maquetas de tres o cuatro de ellos. A mi padre no le gustan esos barcos modernos, y además cuestan mucho dinero. Mi padre puede encontrar pesca, pero no progresa, no va con los tiempos. Esos barcos están llenos de chismes que alivian el trabajo. ¿Has visto el Elector de Gloucester? Es uno de ellos y es muy caro.

—¿Cuánto cuesta, Dan?

—Un montón de dólares. Quince mil, quizá, o más. Están cubiertos de oro y tienen de todo lo que puedas imaginar —luego dijo para sí mismo, casi en un suspiro—: Creo que le llamaría Hattie S. también.

CAPÍTULO V

Ésta fue la primera de las muchas conversaciones que Harvey mantuvo con Dan, quien le contó a Harvey el motivo por el que cambiaría el nombre de su bote, por el del imaginario barco de pescar abadejos que había realizado el burgués en maqueta. Harvey oyó hablar mucho de la verdadera Hattie de Gloucester. Vio un rizo de su cabello, el cual Dan le había «enganchado», al no encontrar palabras para pedírselo, cuando ella estaba sentada delante de él en la escuela el invierno anterior. También vio una fotografía de ella. Hattie tenía catorce años y despreciaba a los chicos. Aquel invierno había estado pateando el corazón de Dan. Bajo el juramento de guardar solemnemente los secretos, se hacían revelaciones en la cubierta bajo la luz de la luna, o reinando la oscuridad, o con una niebla que les asfixiaba. El quejido del timón a sus espaldas, la cubierta ascendente por delante y el mar siempre clamoroso e incansable a su alrededor. A medida que los muchachos se conocían mutuamente surgían peleas entre ellos, por supuesto, y en una ocasión estaban tan furiosos que rodaron de proa a popa, hasta que Penn los separó, pero prometió no decírselo a Disko, quien pensaba que pelearse estando de guardia era peor que dormirse. Harvey no estaba a la altura de Dan físicamente, pero él tomaba su derrota como nuevo entrenamiento y no intentaba desquitarse de su conquistador con sucios métodos.

Esto ocurrió después de haber sido curado de unos granos que le salieron entre los codos y las muñecas, donde el húmedo jersey y los impermeables le rozaban la carne. Con el agua salada le escocían de forma desagradable, pero cuando maduraron, Dan los trató con la navaja de afeitar de Disko y le aseguró a Harvey que ahora era un «pescador sangrante de los bancos». Esta dolencia era la marca de la casta que él reclamaba.

Como era sólo un muchacho y estaba muy ocupado, no se preocupaba de pensar demasiado en las cosas. Lo sentía mucho por su madre, con frecuencia estaba deseando verla, y sobre todo hablarle de su nueva y maravillosa vida, y de qué forma tan extraordinaria se desenvolvía en ella. Por otro lado prefería no pensar demasiado en cómo estaría soportando ella el golpe de suponerle muerto. Pero un día, mientras estaba sentado en la escalera del castillo de proa, burlándose del cocinero, que le había acusado a él y a Dan de haberle robado las empanadas, se le ocurrió que había mejorado mucho desde que unos extraños le despreciaron en la sala de fumadores de un barco de pasajeros.

Le habían reconocido como parte integrante del We´re Here. Tenía su lugar en la mesa y tenía su litera. Podía participar en las largas conversaciones mantenidas en los días de tormenta, cuando los demás siempre estaban dispuestos a escuchar lo que ellos llamaban «cuentos de hadas» de su vida en tierra. No tardó más de dos días en darse cuenta de que si hablaba de su propia vida (que ahora le parecía tan lejana) nadie le creía, excepto Dan (y a veces hasta a Dan le costaba creerlo). Por esa razón se inventó un amigo, un muchacho del que sabía muchas cosas, y que conducía un pequeño coche tirado por cuatro ponis en la ciudad de Toledo (Ohio) y le encargaban cinco trajes a la vez, y llevaba a personas, a las que llamaba «primos», a fiestas en las que la niña más mayor no tenía más de quince años, pero todos los regalos eran de plata maciza. Salters protestaba diciendo que ese tipo de historias eran malvadas, si no blasfemas, pero escuchaba con tanta atención como los demás. Harvey les inculcó ideas nuevas sobre «primos», ropa, cigarrillos con boquillas cubiertas de oro, anillos, relojes, perfumes, cenas de fiesta, champán, juegos de cartas y alojamientos en hoteles. Poco a poco cambiaba de tono al hablar de su «amigo», a quien Long Jack había bautizado con varios nombres como «el niño loco» o «el niño de oro». Y con los pies calzados en sus botas de agua golpeaba la mesa, incluso se inventaba historias sobre pijamas de seda y pañuelos importados, para desacreditar a «su amigo». Harvey se adaptaba perfectamente y tenía en cuenta cada mirada, cada palabra y cada tono que empleaban con él.

Pronto descubrió dónde guardaba Disko su cuadrante: debajo de su litera. Cuando por el sol, y con la ayuda de *El Almanaque del Viejo Agricultor,* localizaba la latitud, Harvey se metía de un salto en el castillo y con un clavo grababa en la herrumbre del tubo de la estufa la posición y la fecha. Ahora ni el jefe de máquinas del barco de pasajeros podría haberlo hecho mejor, y ningún jefe con más de treinta años de servicio podría haber asumido ni la mitad del aire de viejo marinero con el que Harvey, después de escupir por la borda, anunciaba la posición de la goleta aquel día, y entonces era cuando Disko le entregaba el cuadrante. Existe un protocolo en todas estas cosas.

El mencionado cuadrante, una carta de Eldridge, *El Almanaque del Viejo Agricultor, El Piloto Costero,* de Blunt, y *El Navegante,* de Bowditch, eran las herramientas que necesitaba Disko para guiarse, y el escandallo era su preferido. Harvey casi mata a Penn con él cuando Tom Platt le enseñó por primera vez «cómo volaba la paloma azul», y como la fuerza que se necesita no es igual según el estado de la mar, cuando el tiempo estaba en calma, Disko le encargaba el trabajo a Harvey con un escandallo de siete libras de peso. En esas ocasiones Dan solía decir: «No es la profundidad lo que quiere saber mi padre, sino una muestra del fondo. Engrásalo bien, Harvey». Éste lo engrasaba bien y con cuidado sacaba arena, conchas, lodo o cualquier cosa que hubiera, y se lo mostraba a Disko, quien lo tocaba con los dedos, lo olía y emitía su juicio. Como ya se ha dicho, cuando Disko pensaba en el bacalao, pensaba como un bacalao, y con una mezcla bien probada de instinto y experiencia guiaba al We´re Here, de un lugar a otro, siempre con los peces, como se mueve sobre el tablero un jugador de ajedrez con los ojos vendados.

Pero el tablero de Disko era el Gran Banco: un triángulo de doscientas cincuenta millas a cada lado, una gran extensión de mar, envuelta en una niebla fría y húmeda, agitado por temporales, acosado por hielos, marcado por las estelas de los imprudentes barcos de pasajeros y punteado con las velas de la flota de barcos de pesca.

Durante días trabajaban con niebla (Harvey tocaba la campana), hasta que se familiarizó con los vientos y salió con Tom Platt, con el corazón en la boca. Pero la niebla no se levantaba y aunque los peces picaban no se podía estar asustado, sin hacer nada, durante más de seis horas. Harvey se dedicaba a sus redes y al arpón o palo de marinero, como lo llamaba Tom Platt. Y regresaron remando a la goleta guiados por la campana del instinto de Tom. La caracola de Manuel sonaba débil e invisible a su lado. Fue una experiencia sobrenatural y, por primera vez en un mes, Harvey soñó con las neblinosas aguas moviéndose alrededor del bote, las redes que se desviaban y el aire que se fundía en el mar a diez pies de sus cansados ojos. Unos días más tarde salió con Manuel a un lugar donde creían que había cuarenta brazas de profundidad, pero se les acabó la cuerda y todavía el ancla no había encontrado fondo. Harvey se asustó porque se había perdido todo contacto con tierra. «El agujero de la ballena», dijo Manuel tirando del ancla. «Le gastaremos una broma a Disko. ¡Vamos!». Remaron hacia la goleta y encontraron a Tom Platt y a los demás burlándose del capitán porque, por una vez, les había llevado al borde del desierto agujero de la ballena, el agujero negro de los Grandes Bancos. Buscaron otro lugar a través de la niebla, y en esa ocasión a Harvey se le erizó el pelo cuando salió en el bote de Manuel. Algo blanco se movía en la blanquecina niebla, con una respiración de ultratumba, y hubo una especie de rugido, muy profundo, y el sonido de un chorro. Para Harvey fue la presentación de los peligrosos icebergs de verano de los bancos, y se acurrucó en el fondo del bote mientras Manuel se reía. Sin embargo, había días claros, con un clima suave y cálido, cuando parecía muy fácil preparar las redes y pegar con un remo a los peces para aturdirlos. Y había días de brisa suave, y entonces Harvey aprendía a ir al timón de la goleta cuando se trasladaban de un lugar a otro.

Se estremeció cuando sintió por primera vez que la quilla respondía a su mano en los radios del timón y la goleta se deslizaba sobre el mar mientras el trinquete segaba el cielo azul. Era magnífico, a pesar de que Disko dijera que no había manera de mantenerle despierto. Pero, como de costumbre, el orgullo se apoderaba de él. Navegaban con la vela de estay (una vieja, por suerte) y Harvey la metió a la fuerza para demostrar a Dan cómo dominaba aquel arte. El trinquete pasó por encima con gran estrépito, y la vela cangreja rasgó la vela de estay, la cual evitó, por cierto, que pasara por encima del estay mayor. Bajaron los restos en completo silencio, y durante varios días Harvey pasó sus horas libres bajo la custodia de

Tom Platt, aprendiendo a utilizar una punta y una uña de ancla. Dan le abucheaba divertido, porque, según decía, había hecho la misma tontería los primeros días.

Como muchacho que era, Harvey imitaba a todos los hombres, hasta que al final combinaba la peculiar postura de Disko al timón, el balanceo de arriba abajo de Long Jack cuando subía las redes, el eficaz movimiento de hombros de Manuel al remar en el bote y las zancadas de Tom Platt sobre la cubierta, aprendidas en el Ohio.

—Es hermoso ver cómo se adapta —dijo Long Jack mientras Harvey miraba la luna llena al lado del cabrestante—. Te apuesto mi paga a que esto no es más que hacer teatro para él, y se cree marinero. Obsérvale un poco ahora.

—Así empezamos todos —dijo Tom Platt—. Los chicos lo creen siempre, se engañan a sí mismos, hasta que se hacen hombres, y después hasta que se mueren: fingen y fingen. Yo lo hice en el viejo Ohio, durante mi primera guardia en el puerto. Dan está lleno de esas mismas ideas. Míralos ahora, actúan como auténticos mayores: cada pelo es un cabo de cordelero y la sangre es alquitrán de leña —hablaba bajando las escaleras del castillo—. Creo que te equivocaste en tu juicio por una vez, Disko. ¿Por qué demonios nos dijiste a todos que el muchacho estaba loco?

—Lo estaba —dijo Disko—. Estaba loco y era un necio cuando lo subimos a bordo, pero he de decir que desde entonces ha sentado la cabeza bastante. Yo le curé.

—Inventa buenas historias —dijo Tom Platt—. La otra noche nos habló de un muchacho de su misma edad que conducía un pequeño coche de cuatro ponis en Toledo (Ohio), y daba cenas a un montón de muchachos como él. Es una clase curiosa de cuentos de hadas, pero interesante. Sabe montones de ellos.

—Supongo que se los inventa él —Disko hablaba desde el castillo, donde estaba ocupado en el diario de navegación—. Es evidente que todos son inventados. No se los cree nadie, a excepción de Dan, y se ríe de ellos. Yo le oí a mis espaldas.

—¿Has oído hablar de lo que decía Simon Peter Cahoun cuando su hermana Hitty y Lorin Jerauld compartían un buen partido, y los chicos bromearon sobre Simon hasta Georges? —dijo arrastrando las palabras el tío Salters, que estaba tranquilamente al abrigo de los botes de estribor.

Tom Platt dio una calada a su pipa en desdeñoso silencio: era un hombre de Cabo Cod, no sabía esa historia de más de veinte años.

El tío Salters continuó con una áspera sonrisa:

—Simon Peter Cahoun dijo sobre Lorin, y llevaba razón: «La mitad de la ciudad está cuerda y la otra mitad loca. Me dijeron que se había casado con un rico». Simon Peter Cahoun no se calló.

—Sería mejor que contara esa historia un hombre del Cabo. Los Cahoun eran unos gitanos.

—No me expreso como un maestro de elocución —dijo Salters—. Quiero llegar a la moraleja del asunto. Es lo que le pasa a nuestro Harvey. Mitad de uno mismo, y la otra mitad de locos, y algunos creerán que es un hombre rico. ¡Ja, ja!

—¿Habéis pensado alguna vez lo agradable que sería navegar con una tripulación llena de Salters? —dijo Long Jack—. La mitad envuelta en pieles y la otra mitad en el montón de estiércol, como Cahoun no dijo, y se cree marinero.

Las risas envolvieron a Salters.

Disko se mantenía en silencio y trabajaba en el diario de navegación que tenía en la mano. Esto es lo que se podía leer, página tras página:

17 de julio: Amanece el día con niebla espesa. Poca pesca. Nos trasladamos hacia el Norte. Así termina este día.

18 de julio: El día amanece con niebla espesa. Poca pesca.

19 de julio: Este día amanece con una suave brisa del Nordeste y buen tiempo. Nos trasladamos hacia el Este. Buena pesca.

20 de julio: Hoy domingo hay niebla espesa y vientos suaves. Así termina el día. Total de peces capturados esta semana: 3478.

Nunca trabajaban en domingo: se afeitaban, se bañaban... si hacía buen tiempo, y Pensilvania cantaba himnos. Una o dos veces sugirió que, si no era una impertinencia, él podría predicar un sermón. El tío Salters casi le agarra del cuello ante la simple idea, y le recordó que ya no era un predicador y que no debería pensar en esas cosas. «Pronto recordaría Johnstown», explicaba Salters, «¿y qué sucedería entonces?». Así que transigieron a que leyera en voz alta un libro llamado *Josephus*. Era un volumen encuadernado en piel, que olía a cientos de viajes, muy voluminoso y con aspecto de Biblia, pero amenizado con relatos de batallas y asedios. Lo leyeron entero prácticamente. Aparte de eso, Penn hablaba muy poco. Algunas veces no pronunciaba una palabra durante tres días, aunque jugaba a las damas, escuchaba las canciones y se reía de las historias. Cuando intentaban provocarle, contestaba: «No quiero parecer poco amable, pero es que no tengo nada que contar. Mi cabeza está vacía. Casi he olvidado mi nombre». Se volvía a Salters con una expectante sonrisa.

—Pensilvania Pratt —le decía Salters—, pronto me olvidarás a mí también.

—No, nunca —decía Penn, apretando los labios—. Pensilvania Pratt, por supuesto —repetía una y otra vez. Algunas veces era el tío Salters el que lo olvidaba, y entonces le decía que era Haskins o Rich o M'Vitty, pero Penn se conformaba igualmente, hasta la siguiente ocasión.

Siempre era muy amable con Harvey, por quien sentía pena por considerarlo un niño perdido y un loco, y cuando Salters se dio cuenta de que al muchacho le gustaba Penn, se tranquilizó. Salters no era una persona afable (consideraba que los muchachos tenían que seguir una disciplina), y la primera vez que Harvey, temeroso y tembloroso, consiguió trepar al mástil (Dan estaba detrás de él preparado para ayudarle), él consideró que era su deber colgar las enormes botas de Salters allí (una visión de vergüenza y escarnio para la goleta más próxima). Pero Harvey no se tomaba esas libertades con Disko, ni siquiera cuando el anciano daba órdenes directas, y le trataba como al resto de la tripulación. Había algo en aquellos labios limpios y en las arrugas de sus ojos que calmaban poderosamente la sangre joven.

Disko le enseñó el significado de la carta de navegación, que, según decía, difería de las publicaciones del gobierno. Le guiaba, lápiz en mano, desde un punto de anclaje a otro por todos los bancos: Le Have, Estern, Banquereau, St. Pierre, Green y Grand, hablando como un bacalao mientras tanto. Le enseñó también el principio sobre el que funcionaba el cuadrante.

En esto Harvey superaba a Dan, porque había heredado un buen cerebro para las cifras, y la idea de acaparar información sólo con echar un vistazo al sol del sombrío banco, atraía su inteligencia. Respecto a otros temas marineros, su edad le suponía una desventaja. Según decía Disko, debería haber empezado a los diez años. Dan podía poner carnada en una red de arrastre o manejar cualquier cuerda con sus manos en la oscuridad, y respecto a pinchar el pescado, cuando el tío Salters tenía heridas en las manos, podía salar con el sentido del tacto. Él podía ir al timón con cualquier viento sólo con sentir ese viento en la cara, siguiendo la corriente del We´re Here sólo cuando era necesario. Todas estas cosas las hacía de una forma tan automática como saltar las jarcias, o hacer que su bote fuera parte de su propia voluntad y de su propio cuerpo. Pero no podía transmitir sus conocimientos a Harvey.

Aun así había una enorme cantidad de información general que flotaba alrededor de la goleta los días de tormenta. En esos días se encerraban en el castillo de proa o se sentaban sobre los cajones del camarote, mientras que tornillos, escandallos y anillas rodaban y cascabeleaban en las pausas de la conversación. Disko hablaba de viajes en balleneros en los años 50, de grandes ballenas hembras matadas al lado de sus crías, de agonías mortales sobre las oscuras y agitadas aguas, y la sangre que salía a chorros a cuarenta pies de altura, de botes hechos astillas, de potentes cohetes imperfectos que bombardeaban a los temblorosos tripulantes, el trabajo de cortar y hervir, la terrible helada del año 71, cuando mil doscientos hombres tuvieron que sobrevivir sobre el hielo durante tres días: cuentos maravillosos, todos reales. Pero más maravillosas todavía eran las historias sobre el bacalao, y las discusiones y razonamientos sobre su trabajo secreto bajo la quilla.

El gusto de Long Jack se inclinaba hacia lo sobrenatural. Les mantenía en suspenso con historias de fantasmas de los «Yo-hoes» en la bahía de Monomoy, que aterrorizaban a los pobres pescadores de almejas solitarios, historias de vagabundos de las dunas que morían y no tenían un entierro digno, del tesoro escondido en la isla de Fire custodiado por los espíritus de los hombres de Kidd, de barcos que navegaban en la niebla en dirección a la ciudad de Truro, de ese puerto en el Maine donde nadie, salvo que sea un extraño, ancla dos veces en cierto lugar, pues una tripulación de muertos rema a su lado a medianoche con el ancla en la proa de su anticuado barco, llamando con silbidos al alma del hombre que ha turbado su descanso.

Harvey siempre había pensado que la costa este de su tierra natal, desde el sur de Mount Desert, estaba habitada principalmente por personas que paseaban a caballo en el verano y disfrutaban de sus casas de campo con suelos de maderas nobles y *portiéres* de Vantire. Se reía de los cuentos de fantasmas, no tanto como lo hubiera hecho un mes antes, pero terminaba por callarse y se sentaba temblando.

Tom Platt hablaba de su interminable viaje alrededor de Horn a bordo del viejo Ohio, con una armada casi extinta: la armada que desapareció en la gran guerra. Les contaba cómo se cargaba un cañón con un proyectil al rojo vivo, una bola de arcilla húmeda entre ellos y el cartucho; cómo chisporroteaba y olía cuando golpeaba madera, y cómo los pequeños grumetes del Miss Jim Buck les echaban agua encima y gritaban al fuerte que lo intentaran de nuevo. Y contaba historias de bloqueos: largas semanas anclados, en las que el único cambio que se producía eran las salidas y entradas de los barcos de vapor a los que se les había terminado el carbón (los barcos de vela no sufrían ningún cambio), de tempestades y frío... Frío que mantenía a doscientos hombres, día y noche, machacando y cortando el hielo sobre el cable, las plataformas y las jarcias, cuando la galera estaba tan al rojo vivo como los disparos del fuerte. Tom Platt no estaba acostumbrado al vapor. Su servicio terminó cuando aquello era relativamente nuevo. Admitía que era un invento especioso en tiempo de paz, pero esperaba el día en el que las velas regresaran de nuevo sobre barcos de diez mil toneladas, con ciento noventa pies de botalón.

El modo de hablar de Manuel era lento y suave. Hablaba sobre muchachas bonitas de Madeira que lavan la ropa en los cauces de los arroyos, a la luz de la luna, bajo los plátanos mecidos por el viento. Contaba leyendas de santos y extrañas historias sobre bailes y luchas en los fríos puertos pesqueros de Terranova. Salters era sobre todo un agricultor, porque, aunque leía el libro de *Josephus* y hablaba de él, su misión en la vida era demostrar el valor de los abonos orgánicos, y especialmente del trébol, sobre cualquier fosfato. Llegaba a la difamación por los fosfatos, sacaba de su litera libros grasientos de Orange Judd y los recitaba, señalando con el dedo a Harvey, a quien todo le sonaba a chino. Al pequeño Penn le disgustaba tanto que Harvey se riera de las charlas de Salters, que el muchacho dejó de hacerlo y sufría en silencio. Eso fue muy bueno para Harvey.

El cocinero, por supuesto, no se unía a estas conversaciones. Por regla general sólo hablaba cuando era absolutamente necesario, pero a veces el don del habla descendía sobre él y hablaba, medio en gaélico medio en inglés entrecortado, durante una hora. Era muy comunicativo, especialmente con los chicos, y nunca retiró su profecía de que un día Harvey sería el amo de Dany y que él lo vería. Les hablaba de cómo se llevaba el correo a Cabo Bretón en invierno, del tren que iba a Coudray y del vapor Artic que rompe el hielo entre la costa y la isla del Príncipe Eduardo. Luego les contaba historias que su madre le había contado, de la vida allá en el sur, donde el agua nunca se hiela, y decía que cuando se muriera su alma iría a descansar sobre una cálida playa de arena blanca con palmeras meciendo sus ramas. A los muchachos les parecía una idea muy extraña para un hombre que no había visto una palmera en toda su vida. Luego, de forma regular en cada comida, le preguntaba a Harvey, y sólo a Harvey, si la comida estaba a su gusto, y este detalle siempre provocaba la risa de la «segunda tanda». Sin embargo, sentían un gran respeto por el juicio del cocinero, y, por consiguiente, en sus corazones consideraban a Harvey como una especie de mascota.

Y mientras tanto Harvey iba adquiriendo conocimientos de cosas nuevas por cada uno de sus poros, y su salud se robustecía con cada bocanada de aire puro. El We´re Here seguía su camino y hacía su trabajo en el banco, y los recipientes plateados de pescado salado se iban llenando en la bodega. Ningún trabajo diario se salía de lo normal, pero el promedio de días eran muchos y casi unían la noche con el día.

Naturalmente un hombre de la reputación de Disko era espiado por sus vecinos, pero él tenía sus trucos para escurrirse entre la niebla por los bancos. Disko evitaba su compañía por dos motivos: en primer lugar, le gustaba realizar sus propios experimentos. En segundo lugar, le molestaban las reuniones de tantos barcos procedentes de todas las naciones. La mayor parte de ellos eran de Gloucester, otros eran de Provincetown, Harwich, Chatham y de algunos puertos del Maine, pero las tripulaciones procedían de todas las partes del mundo. El riesgo alimenta la imprudencia, y si además se une la codicia, hay muchas oportunidades de sufrir cualquier clase de accidente en una flota tan extensa, la cual, como un rebaño de ovejas, se reúne alrededor de algún líder desconocido.

—Dejemos que los guíen los dos Jerauld —decía Disko—. No tenemos por qué quedarnos entre ellos por el encanto de los bancos del este, aunque, si la suerte nos acompaña, no nos quedaremos mucho tiempo. ¿Dónde estamos ahora, Harvey?

Harvey estaba sacando agua (había aprendido a manejar el balde), después de haber estado salando durante muchas horas.

—No me importaría tocar un suelo pobre para variar.

—Todo el suelo que deseo ver, y no quiero tocarlo, es el de Eastern Point —dijo Dan—. Tendremos que permanecer dos semanas más en los bancos. Encontrarás toda la compañía que desees después, Harvey. Ahora es el momento de empezar a trabajar. Ya no habrá comidas regulares para nadie. Comerás cuando sientas hambre y dormirás cuando ya no puedas mantenerte despierto.

Harvey comprendió, gracias a la carta de Eldridge, que La Virgen es una zona de bancos con ese curioso nombre y era el punto de partida del viaje de regreso, y si tenían buena suerte terminarían la sal allí, pero al ver el tamaño de La Virgen (apenas un diminuto punto), se asombró de que Disko pudiera encontrarla sólo con su cuadrante y el escandallo. Posteriormente supo que Disko era igual en otros asuntos, y también podía ayudar a otros. Una enorme pizarra colgaba en el castillo y Harvey nunca comprendió la necesidad de ella hasta que, después de unos días de niebla espesa, oyeron un silbido nada melodioso procedente de una sirena movida a pedal, cuyo sonido parece el de un elefante tuberculoso.

Se habían detenido para poco tiempo y llevaban a remolque el ancla para evitar problemas. «Barco con aparejo de cruz buscando su latitud», dijo Long Jack. Las empapadas velas delanteras de color rojo de un barco salieron de la niebla y el We´re Here hizo sonar la campana tres veces, empleando el lenguaje del mar.

El barco recogió su gavia entre gritos.

—Francés —dijo el tío Salters con desdén.

—Barco de Miquelon, de St. Malo —el granjero tenía buen instinto—. Yo ya no tengo tabaco, Disko.

—Ni yo tampoco —dijo Tom Platt—. ¡Eh! *Regresaz-vous! Alejadez-vous!* Tú, mucho *bono,* mucho. ¿De dónde eres? ¿De St. Malo?

—¡Ah, ah! ¡Mucho *bono! Oui! Oui!* Clos Poulet. St. Malo. St. Pierre et Miquelon —gritaba la tripulación, agitando gorras de lana y riéndose. Después gritaron todos juntos—: ¡Pizarra, pizarra!

—Saca la pizarra, Danny. Me sorprende que estos franceses lleguen a alguna parte, a excepción de las costas de Norteamérica. Cuarenta y seis cuarenta y nueve será bueno para ellos. Supongo que es eso más o menos.

Dan escribió las cifras con tiza en la pizarra y la colgaron del palo mayor entre un coro de *mercis* procedentes de la otra embarcación.

—No sería muy amistoso dejarles marchar así —sugirió Salters, palpándose los bolsillos.

—¿Has aprendido francés desde el último viaje? —dijo Disko—, No quiero que nos tiren más lastre de piedra por llamar «gallinas» a los barcos de Miquelon como hiciste al salir de Le Have.

—Harmon Rush decía que ésa era la forma de espantarlos. Nos escasea el tabaco. Muchacho, ¿hablas francés?

—¡Oh, sí! —dijo Harvey entusiasmado y gritó hacia el barco—: ¡Eh! ¡Oigan! *Arrêtez-vous! Attendez! Nous sommes venant pour tabac.*

—¡Ah, *tabac, tabac!* —gritaron y se rieron de nuevo.

—Les ha hecho gracia. Echemos un bote —dijo Tom Platt—. No tengo lo que se dice un título de francés, pero conozco otra jerga que se entiende. Vamos, Harvey, serás mi intérprete.

Al llegar él y Harvey a bordo del barco hubo una indescriptible confusión. Su castillo estaba rodeado de grabados de la Virgen de colores brillantes: La Virgen de Terranova, la llamaban ellos. Harvey descubrió que no entendían el francés que hablaba él y su conversación se limitó a hacer señales con la cabeza y a sonreír. Pero Tom Platt movía los brazos y se entendía con ellos maravillosamente. El capitán le ofreció una ginebra desconocida, y la cómica tripulación, con sus barbas, sus gorras rojas y sus largos cuchillos, le saludó como a un hermano. Luego comenzó la parte comercial. Tenían tabaco, mucho tabaco... americano. Ellos querían chocolate y galletas. Harvey regresó remando para hacer un arreglo con el cocinero y Disko, a quienes pertenecían las provisiones, y a su vuelta contaron las latas de cacao y las bolsas de galletas al lado del timón de los franceses. Parecían piratas repartiendo su botín, pero Tom Platt salió del barco atado con una cuerda negra trenzada, cargado de tabaco de mascar y tabaco de fumar. Después aquellos joviales marineros se desvanecieron en la niebla y lo último que oyó Harvey fue cantar a coro:

Par derrière chez ma tante
il y a un bois joli,
et le rossignol y chante
et le jour et la nuit...
Que donneriez-vous, belle,
qui l'amènerait ici?
Je donnerais Québec,
sorel et Saint Denis.

—¿Cómo es que no entendieron mi francés y sí tus gestos? —preguntó Harvey cuando habían terminado de distribuir los artículos del trueque entre los tripulantes del We´re Here.

—¡Gestos! —dijo Platt riéndose a carcajadas—. Bueno, sí, eran gestos, pero más antiguos que el francés que tú hablas, Harvey. Esos barcos franceses van llenos de fracmasones, ésa es la razón.

—Entonces, ¿eres fracmasón?

—Lo parece, ¿verdad? —dijo el hombre del barco de guerra, rellenando su pipa. Harvey tenía ahora otro misterio de las profundidades del mar que le inquietaba.

CAPÍTULO VI

Lo que más le impresionaba a Harvey era la forma tan despreocupada con la que algunas embarcaciones cruzaban el Atlántico. Los barcos de pesca, según decía Dan, dependían de la amabilidad y saber de sus vecinos, pero uno espera cosas mejores de un barco de vapor. Esto sucedió después de otra interesante entrevista. Un gran barco que transportaba ganado y avanzaba con lentitud, les persiguió durante tres millas. El puente estaba lleno de construcciones de madera que olían como mil corrales. Un oficial muy nervioso les gritaba con la ayuda de una trompeta, y el barco se movía torpemente sobre el agua mientras Disko llevaba al We´re Here a sotavento, y al fin les dedicó su atención:

—¿Desean saber dónde están? No merecen estar en ninguna parte. Su corral flotante recorre los mares sin la más mínima consideración por sus vecinos y tienen los ojos puestos en sus tazas de café en vez de en sus cabezas.

Ante esta contestación, el capitán danzó sobre el puente y dijo algo sobre los ojos de Disko.

—No hemos podido hacer ninguna observación durante tres días. ¿Cree que podemos navegar a ciegas? —gritó.

—Bueno, yo puedo —replicó Disko—. ¿No usan el escandallo? ¿O es que no soportan el fétido olor del ganado?

—¿Con qué alimenta a los animales? —preguntó el tío Salters muy serio, porque el olor a corral despertó al granjero que llevaba dentro—. Dicen que disminuyen terriblemente en un viaje. No es asunto mío, pero me parece que esas tortas de aceite que emplean para alimentar al ganado se rompen en pedazos y «salpican».

—¡Demonios! —dijo un ganadero con un jersey rojo asomándose por la borda—. ¿De qué refugio podrían salir sus bigotes?

—Joven muchacho —empezó Salters, poniéndose de pie en las jarcias de proa—, permítame que le diga algo antes de seguir adelante...

El oficial del puente se quitó la gorra con mucha educación:

—Perdone —dijo—, he pedido mi posición. Si ese granjero tuviera la amabilidad de callarse, el percebe verde mar de ojos saltones quizá se dignara iluminarnos.

—Ahora me has dejado en ridículo, Salters —dijo Disko enojado. Disko no podía soportar esa clase de conversación y con brusquedad le dio la latitud y la longitud sin más preámbulos.

—Bueno, seguro que es un barco cargado de lunáticos —dijo el capitán, mientras hacía resonar el cuarto de máquinas y echaba un fajo de periódicos a la goleta.

—De todos los locos vergonzosos, próximos a ti, Salters, este hombre y su tripulación son los que más me gustan de todos los que he visto —dijo Disko mientras alejaba suavemente el We´re Here—. Sólo iba a darles mi opinión sobre estas aguas, como a un niño perdido, y tú has tenido que meterte en la conversación con la dichosa granja. ¿Es que no puedes mantener las cosas separadas?

Harvey, Dan y los demás estaban detrás de ellos, muy divertidos, haciéndose guiños. Pero Disko y Salters discutieron seriamente hasta la tarde. Salters argüía que un barco de ganado era un corral flotante prácticamente, y Disko insistía en que, si ése era el caso, la decencia y el orgullo de pescador exigían que él hubiera mantenido las cosas separadas. Long Jack permanecía en silencio —un capitán enfadado causa una tripulación triste— y luego habló en la mesa, después de cenar.

—¿Qué hay de bueno en preocuparnos por lo que dirán? —dijo él.

—Contarán esta historia contra nosotros durante años... eso es todo —dijo Disko—. ¡Tortas de aceite que salpican!

—Con sal, por supuesto —dijo Salters impenitente, mientras leía noticias de agricultura de un periódico viejo de Nueva York.

—Es humillante para mí —continuó el capitán.

—No puedes verlo así —dijo Long Jack, el pacificador—. Mira, Disko, es otro barco que hoy, con este tiempo, se ha metido en la trampa y tú le has dado su posición una vez más. ¿Podías haber hablado con ellos de forma inteligente sobre el manejo de los datos en el mar? ¡Olvídalo! Por supuesto que no. Ya han venido dos veces a nosotros —Dan dio un puntapié a Harvey por debajo de la mesa y Harvey ocultó la risa con su taza.

—Bueno —dijo Salters, que se sentía un poco abrumado—. Dije que no era asunto mío antes de empezar a hablar.

—Exactamente —dijo Tom Platt, un experto en disciplina y protocolo—, exactamente. Disko, deberías haberle pedido que abandonara la conversación.

—Pero no lo hice —dijo Disko, que vio el modo de retirarse de una forma honrada y digna.

—Por supuesto que podría haberlo hecho —dijo Salters—, tú eres el capitán aquí, y yo hubiera abandonado la conversación con una indirecta... No por cualquier idea o convicción sino para servir de ejemplo a estos dos condenados chicos tuyos.

—¿No te lo dije, Harvey? Sabía que nos iban a meter a nosotros. Siempre estos condenados chicos. Pero no me hubiera perdido el espectáculo por nada del mundo —susurró Dan.

—Pero sigo pensando que las cosas deberían mantenerse separadas —dijo Disko, y la luz de una nueva discusión iluminó la mirada de Salters mientras desmenuzaba tabaco para rellenar su pipa.

—Hay cierto poder y virtud en mantener las cosas separadas —dijo Long Jack, intentando calmar la tormenta—. Algo así le pasó a Steyning, de la empresa Steyning and Hare, cuando envió a Counahan al Marilla D. Kuhn como capitán, en vez de enviar al capitán Newton, que sufría reumatismo inflamatorio y no podía ir. Le llamaban Counahan el Navegante.

—Nick Counahan nunca pasaba una noche a bordo sin su barril de ron, según manifiestan algunos —dijo Tom Platt apoyándole—. Solía deambular por las oficinas de los armadores de Boston buscando a algún propietario que le nombrara capitán de un remolcador por sus méritos. Sam Coy le embarcó durante un año o más por las historias que le contó. ¡Counahan el Navegante! Murió hace quince años, ¿no?

—Creo que son diecisiete. Murió en el año que se construyó el Caspar M'Veagh. Nunca pudo mantener las cosas separadas. Steyning lo eligió porque no había otro disponible aquella temporada. Los hombres estaban en los bancos y Counahan reunió a la tripulación más extraña. ¡Ron! Os aseguro que el Marilla podía haber flotado en el ron que subieron a bordo. Abandonaron el puerto de Boston hacia el Gran Banco con un fuerte viento del noroeste detrás de ellos y no quitaban las manos del barril. Los cielos cuidaban de ellos, porque no hacían guardias ni se ocupaban de las cuerdas, hasta que vieron el fondo a un barril de quince galones de licor. Esto sucedió una semana después, según recordaba Counahan. ¡Si yo pudiera contar la historia como él la contaba! Durante todo ese tiempo el viento soplaba como una vieja gloria, y el Marilla tomó su rumbo y lo mantuvo. Counahan tomó el cuadrante y lo manejó durante un rato, y entre la carta de navegación y el zumbido de su cabeza, llegó a la conclusión de que estaban al sur de la isla Sable, y siguieron adelante gloriosos, pero sin hablar nada. Luego espitaron otro barril, y ya no hicieron más conjeturas durante otra temporada. El Marilla iba inclinado cuando pasó por el faro de Boston, no se preocuparon por ello y el barco continuó con la misma inclinación. Pero no veían algas, ni gaviotas, ni goletas, y pronto se dieron cuenta de que habían salido hacía catorce días y aquel lugar en el que estaban no parecía ser los bancos. Así que echaron el escandallo y hallaron sesenta brazas de profundidad. «Así soy yo», dijo Counahan. «Lo he traído justo al centro del banco, y cuando tengamos treinta brazas de profundidad empezaremos a pescar. Así es Counahan», dijo. «Por algo me llaman Counahan el Navegante».

»Cuando volvieron a echar el escandallo había noventa brazas. Counahan dijo: «O la cuerda se estira o el fondo del banco se hunde».

»Subieron el escandallo cuando creyeron oportuno, más o menos, que sería correcto y razonable hacerlo, se sentaron sobre la cubierta a contar los nudos y a enredarlos. El Marilla siguió su rumbo y pronto vieron un barco mercante y Counahan habló con su tripulación:

»—¿Han visto barcos de pesca por aquí? —preguntó él de una forma bastante informal.

»—Hay muchos en la costa irlandesa —contestaron desde el barco mercante.

»—¡Ah! ¿Cómo dice? —exclamó Counahan—. ¿Qué tengo que hacer yo en la costa irlandesa?

»—Entonces, ¿qué está haciendo usted aquí? —preguntaron desde el barco mercante.

»—¡Sufrida Cristiandad! —dijo Counahan (siempre decía esto cuando no se sentía bien—. ¡Sufrida Cristiandad! ¿Dónde estoy?

»—A treinta y cinco millas oeste-sudoeste de Cabo Clear, si eso le consuela, le dijeron los del barco mercante.

»Counahan dio un salto, de cuatro pies y siete pulgadas de altura, medido por el cocinero.

»—¡Consuelo! —dijo él—. A treinta y cinco millas de Cabo Clear y a catorce días del faro de Boston. ¡Sufrida Cristiandad!, es todo un récord, hemos llegado a nuestra tierra, Skibbereen. ¡Pensad en ello! ¡Pensad en su descaro! No sabía mantener las cosas separadas.

»La mayor parte de la tripulación era de Cork y de Kerry, y a excepción de uno de Maryland que quería regresar, y al que llamaron amotinado, dirigieron el Marilla a Skibbereen y pasaron una semana visitando a sus amigos en su tierra natal. Después regresaron, y tardaron treinta y dos días en llegar de nuevo a los bancos. Se había terminado la temporada y no tenían víveres, así que Counahan regresó a Boston y no se metió en más líos».

—¿Y qué dijo la empresa? —preguntó Harvey.

—¿Qué podían decir? —la pesca estaba en los bancos y Counahan hablaba de su viaje en tiempo récord, ¡hacia el este! Tuvieron su escarmiento por aquello y todo les vino por no mantener separados la tripulación y el ron en primer lugar, y por confundir Skibbereen con Queereau, en segundo lugar. Counahan el Navegante, ¡descanse su alma!, era un hombre sin preparación ninguna.

—Una vez estuve en el Lucy Holmes —dijo Manuel, con su dulce voz—. No querían su pesca en Gloucester. No nos daban precio. Así que embarcamos pensando que podíamos venderla en Fayal. Después sopló un viento fuerte y no podíamos ver bien. Luego aún sopló con más fuerza y viajábamos a gran velocidad... nadie sabía adónde. De cuando en cuando veíamos tierra y hacía calor. Luego vinieron dos o tres negros en una canoa. Les preguntamos dónde estábamos y ¿qué pensáis vosotros que contestaron?

—Gran Canaria —dijo Disko, después de pensar un momento.

Manuel sacudió la cabeza sonriendo.

—Blanco —dijo Tom Platt.

—No. Peor que todo eso. Estábamos debajo de Bezagos y la canoa procedía ¡de Liberia! Así que vendimos allí nuestra pesca. ¿No está mal, verdad?

—¿Puede llegar hasta África una goleta como ésta? —preguntó Harvey.

—Daría la vuelta a Horn si mereciera la pena ir allí —dijo Disko—. Mi padre llevaba un paquebote, de unas quince toneladas, creo —el Rupert—. Se dirigía hacia las montañas de hielo de Groenlandia el año que la mitad de nuestra flota fue allí a buscar bacalaos. Y además se llevó con él a mi madre —me imagino que para mostrarle cómo se ganaba el dinero—. Todo estaba helado y yo nací en Disko. Yo no recuerdo nada de aquello, por supuesto. Regresamos en primavera, cuando disminuyó el hielo, pero me pusieron el nombre de aquel lugar. No era viaje para un bebé, pero todos podemos cometer errores en nuestras vidas.

—¡Ya lo creo! —dijo Salters moviendo la cabeza—. Todos podemos cometer errores, y os diré a vosotros dos, muchachos, que después de haber cometido un error —y no cometéis menos de cien al día— lo mejor que se puede hacer después es confesarlos, como hombres.

Long Jack guiñó el ojo a todos, a excepción de a Disko y Salters, y se acabó el incidente.

Después fueron de una zona de anclaje a otra hacia el norte. Los botes salían casi todos los días, recorrían el borde oriental del Gran Banco con treinta o cuarenta brazas de profundidad y pescaban a un ritmo constante.

Fue aquí donde Harvey encontró por primera vez un calamar, uno de los mejores cebos para bacalaos, pero que posee un humor variable. Una oscura noche les sacaron de sus literas los gritos de Salters: «¡Calamares!», y durante una hora y media todos estuvieron a bordo suspendiendo su anzuelo para calamares (un trozo de plomo pintado de rojo, que en el extremo inferior posee un anillo de alfileres atados hacia atrás como las varillas de un paraguas a medio abrir). Al calamar (por alguna razón desconocida) le gusta, y se envuelve alrededor de este anzuelo. Hay que tirar de él antes de que pueda escaparse de los alfileres. Pero cuando abandona su hogar, primero echa un chorro de agua y luego de tinta al rostro del que lo captura. Era curioso ver a los hombres moviendo la cabeza de un lado a otro para esquivar el chorro. Estaban tan negros como un deshollinador cuando terminó el chaparrón, pero un montón de calamares frescos yacían sobre la cubierta, y el bacalao grande piensa muy bien de un brillante trocito de tentáculo de calamar en la punta de un anzuelo de cebo de almeja. Al día siguiente tuvieron una buena pesca y se encontraron con el Carrie Pitman, a quienes hablaron a gritos de su suerte. Ellos quisieron comerciar: siete bacalaos por un calamar grande, pero Disko no estuvo de acuerdo con el precio y el Carrie se alejó a sotavento con resentimiento y ancló a media milla de distancia con la esperanza de lograr alguno.

Disko no dijo nada hasta después de cenar, cuando envió a Dan y a Manuel al exterior para que mantuvieran a flote el cable del We´re Here con una boya y comentó su intención de devolverla con el hacha. Dan repitió este comentario a un bote del Carrie, ya que querían saber la razón por la que mantenían a flote el cable con una boya sin estar sobre fondo rocoso.

—Mi padre dice que ni con un transbordador se atrevería a acercarse a vosotros a cinco millas de distancia —dijo Dan jovialmente.

—Entonces, ¿por qué no os marcháis de aquí? ¿Quién os lo impide? —preguntó el otro.

—Porque os habéis colocado a sotavento como él, y eso no se lo consiente a ningún barco y no digamos a un barco de barriles de desperdicios de pescado a la deriva como es el vuestro.

—No va a la deriva en este viaje —dijo el hombre enojado, porque el Carrie Pitman tenía la mala fama de romper las cadenas del ancla.

—Entonces ¿qué hacéis para anclar? —preguntó Dan—. Si navegáis bien, ¿por qué demonios tenéis un botalón de bauprés nuevo? —ese comentario les hirió.

—¡Eh, tú!, organillero portugués, llévate a ese mono de regreso a Gloucester. Vuelve a la escuela, Dan Troop —fue la contestación.

—¡Zahones! ¡Zahones! —gritó Dan, al saber que uno de los hombres del Carrie había trabajado en una fábrica de zahones el invierno anterior.

—¡Camarón! ¡Camarón de Gloucester! ¡Vete a tu Nueva Escocia!

Decirle a un hombre de Gloucester que es de Nueva Escocia no es bien recibido. Dan contestó a propósito:

—Vosotros seréis de Nueva Escocia, vosotros basureros de Scrabble. ¡Provocadores de naufragios de Chatham! ¡Marchaos con vuestra canoa en los calcetines! —y las dos fuerzas en lucha se separaron, pero Chatham se llevó la peor parte.

—Sé lo que va a suceder —dijo Disko—. Empieza a haber viento. Alguien debería evitar que navegara ese barco. Se oirán sus ronquidos hasta media noche y cuando nosotros estemos en el mejor de los sueños, empezará a ir a la deriva. Hemos hecho un buen trabajo al no admitir a una tripulación así. Pero no levaré el ancla por Chatham. Podría agarrarse.

El viento que se había levantado alrededor aumentó al anochecer y soplaba con fuerza, aunque en el mar apenas se notaba y no se movía el cable de un bote, pero el Carrie Pitman tenía sus propias reglas. Cuando los muchachos terminaron su guardia oyeron a bordo del Carrie unos estallidos como los de esas enormes armas que se cargan por el cañón.

—¡Gloria, gloria, aleluya! —cantó Dan—. Aquí viene, papá..., a embestirnos, caminando en sueños igual que ha hecho en Queereau.

Si hubiera sido otro barco, Disko se hubiera arriesgado, pero en este caso cortó el cable cuando el Carrie Pitman, con todo el Atlántico Norte para moverse, venía directamente hacia ellos dando bandazos. El We´re Here, bajo el foque y la vela triangular, no le dejó más espacio que el absolutamente necesario (Disko no quería pasar una semana buscando su cable). El Carrie, silencioso y enfadado, pasó con facilidad bajo una lluvia de insultos y a merced de las bromas del banco.

—Buenas noches —dijo Disko, levantándose la gorra—, ¿cómo crece tu jardín?

—Vete a Ohio y alquila una mula —dijo el tío Salters—. No queremos granjeros aquí.

—¿Te presto el ancla de mi bote? —gritó Long Jack.

—Desmonta el timón y tíralo —dijo Tom Platt.

—¡Oye! —la voz de Dan se elevó chillona desde el timón—. ¡Oooye! ¿Hay huelga en la fábrica de zahones o es que han contratado a chicas?

—Aflojad las barras del timón y clavadlas en el fondo —gritó Harvey. Era una frase con sabor marinero que le había enseñado Tom Platt. Manuel, inclinado en la popa, gritó:

—¡Johanna Morgan toca el órgano! —levantó el dedo pulgar con un gesto de indescriptible desprecio y burla, mientras que el pequeño Penn se cubrió de gloria diciendo—: Desviaos un poco. ¡Venid aquí! ¡Eh!

Aquella noche se balancearon sobre su cadena con un movimiento molesto y brusco, como descubrió Harvey, y tardaron medio día en recuperar el cable. Pero los muchachos estuvieron de acuerdo en que había resultado barato en comparación al precio del triunfo y la gloria obtenidos, y lo único que sentían era no haber podido decir a la desconcertada tripulación del Carrie todas las cosas hermosas que se les ocurrieron.

CAPÍTULO VII

Al día siguiente se encontraron con más embarcaciones, lentamente fueron formando un círculo desde el nordeste hacia el oeste. Pero cuando esperaban encontrarse en los bancos de La Virgen, la niebla se cerró. Anclaron rodeados de los tintineos de varias campanas invisibles. No había mucha pesca, pero de cuando en cuando se encontraba un bote con otro en la niebla e intercambiaban noticias.

Esa noche, un poco antes del anochecer, Dan y Harvey, que habían estado durmiendo casi todo el día, salieron a «pescar» empanada. No había razón por la que no pudieran tomarla abiertamente, pero sabían mejor así y eso provocaba el enfado del cocinero. El calor y el olor de abajo les llevó a la cubierta con el botín, y hallaron a Disko en la campana, la cual pasó a Harvey.

—Sigue tocando —dijo—. Creo haber oído algo. Si hay algo, estoy mejor donde estoy.

Era un tintineo triste, el aire espeso parecía atraparlo, y en las pausas que hacía Harvey, oía el sonido sordo de la sirena de un barco de pasajeros, y ya conocía los bancos lo suficiente para saber lo que aquello significaba. Le vino a la memoria, con horrible nitidez, un muchacho con un jersey de color cereza (ahora detestaba las caprichosas chaquetas de *sport* con todo el desprecio de un pescador), qué chico tan ignorante, tan escandaloso; había sido aquella vez que dijo que sería «divertido» que un vapor hundiera un barco de pesca. Ese muchacho tenía un camarote con baño, agua caliente y fría, y tardaba diez minutos cada mañana en examinar los platos de la carta de borde dorado. Y ese mismo chico (no, su hermano mayor) se levantaba a las cuatro de la mañana al amanecer, con un impermeable crujiente y duro, y tocaba una campana, de la que dependían vidas, más pequeña que la campana del desayuno del camarero, mientras en algún lugar cercano una acerada proa de treinta pies cruzaba el mar a veinte millas por hora. El pensamiento más amargo era que había personas durmiendo en camarotes secos y tapizados que nunca se enterarían de que habían destrozado un bote antes del desayuno. Así que Harvey tocaba la campana.

—Sí, aminoran la marcha de esa maldita hélice para mantenerse dentro de la legalidad —dijo Dan mientras se colocaba la caracola de Manuel—, y es consolador cuando estamos todos en el fondo. ¡Escúchalo! ¡Es un gigante!

«Auuuu-juuu-juuu!», bramaba la sirena. «Ding, dang, dong», sonaba la campana. «Graaa-uuuuh», sonaba la caracola, mientras el mar y el cielo se fundían en la niebla blanquecina. Entonces Harvey sintió que se encontraba cerca de algo en movimiento, y de pronto, al mirar hacia arriba, descubrió el borde húmedo de una proa tan grande como un acantilado, avanzando directamente hacia la goleta. Una hermosa línea de agua se rizaba delante de ella, y a medida que pasaba mostraba una larga hilera de números romanos: XV, XVI, XVII, XVIII, etc., sobre un brillante costado de color salmón. Se inclinaba hacia atrás y hacia delante y ¡zas!, la fila desapareció. Una fila de ojos de buey con borde de latón pasó como un rayo, y un chorro de vapor sopló sobre las manos levantadas de Harvey, un chorro de agua caliente corrió a lo largo de la batayola del We´re Here, y la pequeña goleta se tambaleó y chocó contra el torrente de agua provocado por la hélice. Después la proa del barco de pasajeros desapareció en la niebla. Harvey estaba a punto de desmayarse o de marearse cuando oyó un crujido, como el de un tronco al caer sobre la vereda, y una voz lejana dijo arrastrando las palabras:

—¡Dios mío! ¡Nos han hundido!

—¿A nosotros? —exclamó.

—¡No!, a otro barco más allá. ¡Toca la campana! Vamos a ver —dijo Dan corriendo hacia un bote.

En medio minuto todos, a excepción de Harvey, Penn y el cocinero, estaban a bordo de sus botes y se alejaban. En ese momento un trozo de palo mayor a la deriva pasó al lado de la proa. Luego se acercó un bote verde vacío y golpeó un costado del We´re Here, como si deseara que lo recogieran. A continuación un hombre, boca abajo, con un jersey azul, pero... no era un hombre completo. Penn cambió de color y se quedó sin aliento. Harvey golpeaba la campana con desesperación porque temía que los hundieran en cualquier momento, y se lanzó hacia Dan cuando regresó la tripulación.

—El Jennie Cushman —dijo Dan, histérico— lo ha partido por la mitad a un cuarto de milla de nosotros. Mi padre ha recogido al anciano. No hay nadie más, y... estaba su hijo también. ¡Oh, Harvey, Harvey, no puedo soportarlo! He visto... —hundió la cabeza en sus brazos y sollozó, mientras los demás subían a bordo a un hombre de pelo gris.

—¿Por qué me habéis recogido? —gruñó el extraño—. Disko, ¿por qué me has recogido?

Disko apoyó su pesada mano sobre el hombro del náufrago, porque los ojos del hombre estaban fuera de sí y sus labios temblaban mientras miraba fijamente a la silenciosa tripulación. Entonces Pensilvania Pratt, también Haskins o Rich o M'Vitty, cuando se le olvidaba al tío Salters, se levantó para hablar, y su rostro había cambiado, no era el rostro de un loco sino que tenía el semblante de un hombre anciano, sabio, y dijo con voz firme:

—El Señor nos da y el Señor nos quita. ¡Alabado sea el nombre del Señor! Era... soy un ministro del Evangelio. Dejádmelo a mí.

—¡Oh!, ¿es usted sacerdote? —preguntó el hombre—. Entonces ¡rece para que mi hijo regrese! Rece para que regrese un barco de nueve mil dólares y mil quintales de pesca. Si me hubieran dejado solo mi viuda hubiera pensado que habría sido la providencia y nunca hubiera sabido... nunca hubiera sabido nada. Ahora tendré que contárselo.

—No hay nada que decir —dijo Disko—. Es mejor que se acueste un rato, Jason Olley.

Cuando un hombre pierde a su único hijo, su trabajo de la temporada y su medio de vida en treinta segundos, es difícil consolarle.

—Todos eran de Gloucester, ¿verdad? —preguntó Tom Platt.

—Eso no debe resultar extraño —dijo Jason retorciéndose su húmeda barba—. Después de esto remaré en los abordadores de verano que rodean East Gloucester —se agarró con fuerza a la botavara y cantó:

Felices pájaros que cantáis y voláis
alrededor de su altar, ¡oh, Dios de las alturas!

—Baja conmigo —dijo Penn, como si tuviera derecho a dar órdenes. Sus ojos se encontraron y lucharon durante unos segundos.

—No sé quién eres, pero iré —dijo Jason con sumisión.

—Quizá vuelvan parte de los... parte de los... nueve mil dólares —Penn le llevó al camarote y cerró la puerta tras él.

—Ése no es Penn —exclamó el tío Salters—. Es Jacob Boller, y... ha recordado Johnstown. Nunca vi esa mirada. ¿Qué pasará ahora? ¿Qué haré ahora?

Podían oír las voces de Penn y de Jason. Luego se oía sólo la de Penn, y Salters se quitó el sombrero, porque Penn estaba rezando. En ese momento Penn subió los escalones, gotas de sudor resbalaban por su rostro y miró a la tripulación. Dan todavía estaba sollozando en el timón.

—No nos conoce —exclamó Salters—. Tendremos que empezar de nuevo, hasta el juego de damas... ¿Y qué me dirá a mí?

Penn habló. Se dirigió a ellos como si fueran extraños.

—He rezado —dijo él—. Nuestro pueblo cree en la oración. He rezado por la vida del hijo de este hombre. Los míos se ahogaron delante de mis ojos, ella y mis hijos y... los demás. ¿Puede un hombre ser más sabio que su Creador? Nunca recé por sus vidas, pero he rezado por la vida del hijo de este hombre, me lo enviará.

Salters miraba suplicante a Penn para ver si recordaba.

—¿Cuánto tiempo he estado loco? —preguntó Penn de repente. Su boca estaba temblando.

—¡Calla, Penn! Nunca has estado loco —empezó a decir Salters—. Sólo un poco distraído.

—Vi las casas golpear el puente. No recuerdo nada más. ¿Cuánto tiempo ha pasado desde entonces?

—¡No puedo soportarlo! ¡No puedo soportarlo! —gritó Dan, y Harvey lloró con Dan.

—Hace unos cinco años —dijo Disko emocionado.

—Entonces alguien se ha ocupado de mí cada día desde entonces. ¿Quién ha sido ese hombre?

Disko señaló a Salters.

—¡Nadie, nadie! —gritó el granjero-marinero, retorciéndose las manos—. Tú has trabajado y te has valido por ti mismo, y hay un dinero que te pertenece, Penn, además de la mitad de mi parte de este barco.

—Sois hombres buenos. Puedo verlo en vuestros rostros. Pero...

—Madre de misericordia —susurró Long Jack—, y ha estado con nosotros en estos viajes. ¡Está embrujado!

La campana de la goleta sonó, y se oyó una voz a través de la niebla.

—¡Disko! ¿Te has enterado de lo del Jennie Cushman?

—Han encontrado a su hijo —dijo Penn—. Tranquilizaos y ved la Salvación del Señor.

—Tenemos a bordo a Jason —contestó Disko, pero su voz temblaba—. ¿No hay nadie más?

—Hemos encontrado a uno. Estaba entre unas tablas que puede que hayan pertenecido al castillo de proa. Tiene alguna herida en la cabeza.

—¿Quién es?

Los corazones del We´re Here se paralizaron esperando la respuesta.

—Creo que es el joven Olley —dijo la voz lentamente.

Penn alzó las manos y dijo algo en alemán. Harvey podía haber jurado que una luz como un sol brillaba sobre su rostro levantado, pero la voz continuó: «¡Oye! Anoche os reísteis mucho de nosotros».

—Ahora no tenemos ganas de reírnos —dijo Disko.

—Lo sé, pero si te digo la verdad, honradamente, íbamos a la deriva otra vez cuando vimos al joven Olley.

Era el incorregible Carrie Pitman, y una gran carcajada salió de la cubierta del We´re Here.

—Sería mejor que nos enviarais al viejo a bordo. Tenemos prisa, queremos más cebos y más cables. Supongo que no lo quieres, y este maldito cabrestante nos servirá para hacer señas. Cuidaremos de él. Está casado con una tía de mi mujer.

—Te mandaré algo más en el bote —dijo Troop.

—No necesito nada, a menos, quizá, que sea un ancla. ¡Oye! El joven Olley se está poniendo nervioso. Envíame al anciano.

Penn le despertó de su desesperado estupor, y Tom Platt le llevó. Se marchó sin pronunciar una palabra de agradecimiento, sin saber lo que sucedería después, y la niebla se cerró tras ellos.

—Y ahora —dijo Penn, respirando profundamente como si fuera a predicar—, y ahora —con el cuerpo erguido como una espada a la que van a envainar, se apagó la brillante luz de sus ojos y la voz volvió a tener su tono sencillo y agudo—, y ahora —dijo Pensilvania Pratt—, ¿crees que es demasiado temprano para una partidita de damas, Salters?

—Eso mismo, eso mismo es lo que iba a decir yo —exclamó Salters inmediatamente—. Me sorprende, Penn. ¿Cómo puedes saber lo que piensa un hombre?

El hombrecillo se sonrojó y siguió a Salters dócilmente.

—¡Levar el ancla! ¡Deprisa! Vayámonos de estas malditas aguas —gritó Disko, y nunca le obedecieron con tanta rapidez.

—¿Qué demonios se supone que significa todo esto? —dijo Long Jack, empapado y perplejo, mientras trabajaban una vez más en la niebla.

—Lo que yo siento es esto —dijo Disko desde el timón—: El Jennie Cushman llevaba estómagos vacíos...

—Hemos visto a uno de ellos pasar cerca de nosotros —dijo Harvey entre sollozos.

—Y a ése, por supuesto, le han sacado del agua y se dirige a la costa en una embarcación. Sacar del agua a ese hombre ha hecho que Penn recuerde Johnstown, Jacob Boller y otros recuerdos parecidos. Consolar a Jason le hizo levantarse a él, igual que cuando un bote llega a puerto. Pero si se es débil, los puntales ceden y ceden y él cedió, pero ahora ha nacido de nuevo en el agua. Así es como lo siento yo.

Decidieron que Disko tenía toda la razón.

—Salters estaba preocupado —comentó Long Jack—. ¿Visteis su cara cuando Penn preguntó quién se había encargado de él durante todos estos años? ¿Cómo está, Salters?

—Dormido, dormido como un niño —contestó Salters, subiendo de puntillas—. No habrá comida hasta que se despierte. ¿Visteis alguna vez un milagro semejante con una oración? Sacó al joven

Olley del océano. Eso es lo que yo creo. Jason estaba orgulloso de su hijo y yo no confío en la adoración a ídolos vanos.

—Hay otros, como los de los borrachos —dijo Disko.

—Eso es diferente —contestó Salters rápidamente—. Penn no es un calafate y yo no he hecho más que cumplir mi deber con él.

Aquellos hombres hambrientos esperaron, esperaron tres horas, hasta que Penn reapareció con un rostro tranquilo y la mente en blanco. Dijo que creía que había estado soñando. Entonces quiso saber el motivo de aquel silencio, pero no podían decírselo.

Disko trabajó sin descanso durante tres o cuatro días más, y cuando no podían salir, les mandaba a la bodega a amontonar las provisiones del barco para dejar más espacio para el pescado. El pescado ocupaba desde la separación del castillo hasta la puerta corredera que había detrás de la estufa del castillo de proa. Y Disko demostraba tan gran arte en almacenar su carga como en llevar una goleta al mejor sitio. De esta manera la tripulación se mantenía animada hasta que recuperaban sus fuerzas. A Harvey le hacía cosquillas Long Jack con el extremo de una cuerda, porque era, como decía el hombre de Galway, «triste como un gato enfermo al que no se puede ayudar». Tuvo mucho tiempo para pensar aquellos días tan monótonos y le hablaba a Dan de lo que pensaba, y Dan estaba de acuerdo con él, hasta el punto de pedir las empanadas en vez de «pescarlas».

Pero una semana más tarde casi pierden los dos el Hattie S. en un descabellado intento de apuñalar a un tiburón con una vieja bayoneta atada a un palo. El horrible animal rozó el costado del bote en busca de peces pequeños, y fue un milagro que los tres quedaran con vida.

Al final, después de luchar contra la niebla, llegó la mañana en la que Disko gritó desde el castillo de proa:

—¡Aprisa! ¡Estamos en la ciudad!

CAPÍTULO VIII

Harvey nunca olvidó aquella visión mientras vivió. El sol comenzaba a verse claro en el horizonte después de no haberlo visto durante una semana, y su suave luz rojiza brillaba en las velas de las tres flotas de goletas ancladas: una al norte, otra al oeste y una más al sur. Debía haber casi cien, de toda clase de construcción. Todas inclinaban la cabeza a modo de saludo. De cada uno de los barcos iban saliendo botes, como si fueran abejas de una colmena. El agua llevaba a millas de distancia el clamor de las voces, el sonido de las cuerdas y el chapoteo de los remos. Las velas eran de muchos colores: negras, gris perla y blancas, a medida que salía el sol aún se divisaban más barcos al sur de la neblina.

Los botes se reunían en grupos, se separaban, se volvían a agrupar y de nuevo se separaban, todos en la misma dirección. Mientras tanto los hombres se saludaban, se silbaban, se abucheaban o cantaban, y el agua se iba moteando de basura arrojada desde las cubiertas.

—Es una ciudad —dijo Harvey—. Disko tenía razón. Es una ciudad.

—Las he visto más pequeñas —dijo Disko—. Hay unos mil habitantes y más allá está La Virgen —señaló hacia un espacio vacío de verdoso mar donde no había botes.

El We're Here bordeó la flota del norte. Disko saludaba con la mano a sus amigos y ancló con tanto cuidado como un yate al final de la temporada. La flota del banco guarda silencio sobre el buen arte de navegar, pero si alguien ha cometido algún error es objeto de burla.

—¡Llegas a tiempo para la fiesta! —gritaron del Mary Chilton.

—¿Tenéis sal? —preguntaron del King Philip.

—¡Hola, Tom Platt! ¿Vienes a cenar esta noche? —dijeron del Henry Clay.

Preguntas y respuestas iban y venían. Los hombres se habían encontrado antes, pescando en la niebla, y no hay lugar donde se cuenten más chismes que en una flota del banco. Todos parecían estar al corriente del rescate de Harvey y preguntaban si ya se merecía lo que ganaba. Los jóvenes bromeaban con Dan, quien tenía una lengua muy viva, y después de preguntar por su salud preguntaban por las personas que a ellos menos les gustaban de la ciudad. Los compatriotas de Manuel farfullaban en su idioma. Incluso al silencioso cocinero se le veía en el botalón de foque gritando en gaélico a un amigo tan negro como él. Después colocaron una boya al cable (La Virgen está rodeada de fondo rocoso, y un descuido significa que roce el aparejo y que exista peligro de quedar a la deriva). Después de haber colocado la boya al cable, sus botes salieron para unirse al grupo de barcos anclados a una milla de distancia. Las goletas se balanceaban a una distancia segura, como una gallina que vigila a sus polluelos, mientras los botes se comportaban como pollitos traviesos.

Había una gran confusión, unos botes se golpeaban con otros y Harvey se estremecía cuando oía hablar de su forma de remar. A su alrededor se oían todos los dialectos desde el de Labrador hasta el de Long Island, portugués, napolitano, lingua franca, francés y gaélico, canciones y gritos y nuevos juramentos, y él parecía ser el blanco de todos ellos. Por primera vez en su vida se sintió cohibido (quizá por haber vivido durante tanto tiempo en el We're Here). Había cientos de rostros de aspecto frenético que ascendían y descendían con el movimiento de la pequeña embarcación. Un suave oleaje empujaba silenciosamente hacia arriba a una cadena de botes pintados de varios colores. Se mantenían arriba durante un instante, formando una cornisa en el horizonte, y sus hombres se señalaban y se saludaban. Al momento las bocas abiertas, los brazos en movimiento y los pechos desnudos desaparecían, mientras que otra ola elevaba a una nueva cadena de personajes, como figuras de papel en un teatro de juguete. Harvey observaba con atención.

—¡Cuidado! —dijo Dan, agitando una red—. Cuando te diga que te agaches, te agachas. El capelín aparecerá en cualquier momento. ¿Dónde nos quedaremos, Tom Platt?

Empujando, llamando la atención y saludando a viejos amigos por aquí y amenazando a viejos enemigos por allí, el comodoro Tom Platt llevó a su pequeña flota a sotavento de todos los demás, e inmediatamente después, tres o cuatro hombres empezaron a levar anclas con intención de situarse a sotavento del We´re Here. Pero se oyeron carcajadas cuando un bote salió de su puesto a gran velocidad, mientras su ocupante tiraba con furia de la caña.

—¡Aflójala! —bramaron veinte voces—. Déjale sacudir.

—¿Qué sucede? —preguntó Harvey, mientras el bote se alejaba como un rayo hacia el sur—. Está anclado, ¿verdad?

—Anclado, seguro, pero su aparejo es sospechoso —dijo Dan riéndose—. La ballena se ha enredado... ¡Cuidado, Harvey! ¡Aquí vienen!

El mar que les rodeaba se enturbió y se oscureció, y luego se elevó encrespado en un lluvia de diminutos peces plateados, y en un espacio de cinco o seis acres el bacalao empezó a saltar como las truchas en mayo. Mientras tanto, detrás del bacalao, tres o cuatro anchos lomos grisáceos parecían bullir en el agua.

Todos gritaban e intentaban levar su ancla para llegar al banco, y su cabo se enredaba con el del vecino y decían lo que les salía del corazón. Se zambulló con su red lleno de furia, y advertía y aconsejaba a sus compañeros a gritos, mientras las profundidades burbujeaban como una botella de soda que se acaba de abrir, y bacalaos, hombres y ballenas se lanzaron a la desafortunada carnada. Harvey casi recibe un golpe de la red de Dan. Pero durante todo ese tumulto vio, y nunca olvidó, el ojo perverso (como el ojo de un elefante de circo) de una ballena que prácticamente se desplazaba por la superficie del agua, y, como él decía, le guiñaba el ojo a él. Tres botes descubrieron que estos temerarios cazadores del océano habían enredado sus aparejos, y los remolcaron a media milla de distancia antes de que los marchapiés dieran con la red libre.

Entonces el capelín se alejó, y cinco minutos después no había sonido alguno a excepción de las salpicaduras de las pesas de plomo, los aletazos del bacalao y los golpes de los mazos para aturdirlos. Consiguieron una maravillosa pesca. Harvey podía ver los brillantes bacalaos debajo del agua, nadando lentamente en grupos, mordiendo el anzuelo con la misma regularidad con la que nadaban. Las leyes del banco prohíben estrictamente que un sedal tenga más de un anzuelo cuando los botes están en La Virgen o en los bancos del Este, pero los botes estaban situados unos tan cerca de los otros que incluso se enredaban esos anzuelos únicos, y Harvey se halló discutiendo acaloradamente con un velludo hombre de Terranova a un lado, mientras un portugués gritaba al otro lado.

Peor que los enredos de los aparejos de pesca era la confusión de las cadenas de las anclas de los botes debajo del agua. Cada uno de ellos había anclado donde le había parecido oportuno, y remaban alrededor de ese punto fijo. Cuando los peces mordían el anzuelo con menos rapidez, los hombres querían levar el ancla y buscar un lugar mejor, pero uno de cada tres botes se hallaba unido a cuatro o cinco botes vecinos. Cortar el ancla de otro es un delito atroz en los bancos; sin embargo, se hacía, y se hacía sin ser descubiertos tres o cuatro veces al día. Tom Platt sorprendió en el acto a un hombre de Maine y le golpeó por la borda con un remo. Manuel trató de la misma forma a un compatriota. Pero a Harvey y a Penn les cortaron los cables del ancla y pasaron a botes de ayuda para llevar la pesca al We´re Here cuando se llenaron los botes. El capelín dominó una vez más al ponerse el sol, momento en el que se repitió aquel clamor frenético, y al anochecer regresaron a salar a la luz de las lámparas de queroseno colocadas en el borde del depósito.

Había un montón enorme y se quedaban dormidos mientras salaban. Al día siguiente varios botes pescaban por encima del casquete de La Virgen. Harvey miraba las algas de aquella roca solitaria, que se elevaba a veinte pies de la superficie. Había legiones de bacalaos allí, marchando solemnemente sobre las ásperas algas. Cuando mordían el anzuelo, lo mordían todos juntos y lo mismo sucedía cuando dejaban de morderlo. Al mediodía había poca actividad y los botes comenzaban a buscar entretenimiento. Dan vio acercarse al Hope of Prague, y cuando sus botes se unieron a la compañía les saludaron con esta pregunta: «¿Quién es el hombre más mezquino de la flota?».

Trescientas voces contestaron con alegría: «¡Nick Braaady!». Sonó como una salmodia al órgano.

—¿Quién roba las mechas de las lámparas? —ésta fue la contribución de Dan.

—«¡Nick Braaady!» —cantaron en los botes.

Brady no era muy mezquino, pero tenía esa reputación y la flota se aprovechaba de ella. Luego descubrieron a un hombre del barco de Truro, quien, seis años antes, había sido declarado culpable de usar un aparejo con cinco o seis anzuelos en los bancos («miserable» le llamaban). Naturalmente, le habían bautizado con el nombre de Jim el miserable, y aunque se había escondido en Georges desde entonces, descubrió que le esperaban para rendirle los honores que se merecía. Todos elevaron sus voces a coro: «¡Jim! ¡Oh, Jim, Jim! ¡Oh, Jim! ¡Miserable Jim!». Eso agradó a todos. Y cuando un «poeta» de Beverly cantó: «¡El ancla del Carrie Pitman no se sujeta por un centavo!» (había estado preparándolo durante todo el día y hablando de ello durante semanas), los botes se sintieron afortunados. Luego habían de preguntar al hombre de Beverly por qué había salido a ganar dinero, porque los poetas no deben tener nada propio. A cada goleta y a cada uno de sus hombres les llegaba el turno. ¿Había algún cocinero descuidado o sucio en alguna parte? Los botes cantaban sobre él y su comida. ¿Había alguna goleta en malas condiciones? La flota informaba de ello con detalle. ¿Algún hombre le había robado tabaco al compañero de rancho? En esta reunión se decía su nombre. El nombre iba de ola en ola. Los juicios infalibles de Disko, el barco mercante que había vendido Long Jack unos años antes, el buen corazón de Dan (oh, pero Dan era un muchacho colérico). La mala suerte de Penn con las anclas de los botes, los fertilizantes que buscaba Salters, los pequeños deslices de Manuel en la costa y la forma tan femenina de remar de Harvey, todo quedaba expuesto en público, y como la niebla iba cayendo sobre ellos como sábanas plateadas bajo el sol, las voces sonaban como si procedieran de un tribunal de invisibles jueces dictando sentencia.

Los botes vagaron, pescaron y riñeron hasta que el oleaje empezó a barrer el mar por debajo. Se alejaron unos de otros por seguridad, y alguien dijo que si continuaba aquel oleaje La Virgen se rompería. Un hombre imprudente de Galway, junto con un sobrino suyo, negaron aquello, levaron el ancla y remaron por la roca. Muchas voces les llamaban y pedían que se alejaran, mientras que otros les animaban para que siguieran adelante. Cuando las enormes olas pasaron hacia el sur, levantaron al bote en la neblina y le dejaron caer sobre el agua rizada y agitada. Giró alrededor de su ancla, a un pie o dos de la roca oculta. Estaba jugando con la muerte por mera bravuconería y los botes les observaban en intranquilo silencio, hasta que Long Jack remó hasta situarse detrás de su compatriota y con calma le cortó el ancla.

—¿Es que no oyes los golpes? —gritó—. ¡Lucha por tu vida!

Los hombres juraban y reñían mientras el bote iba a la deriva, pero la siguiente ola vino más despacio, como un hombre que tropieza sobre una alfombra. Hubo un suspiro profundo y una reunión de remos, y La Virgen lanzó agua espumosa, blanca, enfurecida y espectral sobre el mar de los bancos. Entonces todos los botes aplaudieron a Long Jack y los hombres de Galway se mordieron la lengua.

—Ha sido muy bonito —dijo Dan, moviéndose como una foca en casa—. Romperá una vez cada media hora, a menos que las olas suban mucho. ¿Cuánto tiempo es el normal, Tom Platt?

—Una vez cada quince minutos, hasta la marca. Harvey, has visto lo más grande de los bancos, pero si no hubiera sido por Long Jack habrías visto hombres muertos también.

Se oyeron risas procedentes de donde la niebla era más espesa y las goletas estaban tocando las campanas. Un gran bergantín salía de la niebla con todo cuidado, y fue recibido a gritos por parte del irlandés.

—Otro francés —dijo Harvey.

—¿Es que no tienes ojos? Es un bergantín de Baltimore, que avanza con miedo —dijo Dan—. Supongo que es la primera vez que su capitán se encuentra con la flota por esta ruta.

Era una embarcación negra, de ochocientas toneladas. Su vela mayor iba enrollada arriba y su gavia se agitaba indecisa por el suave viento que soplaba. Ahora bien, un bergantín es la más femenina de todas las hijas del mar, y esta criatura alta, vacilante, con su mascarón de proa blanco y dorado, parecía una apabullada mujer con la falda remangada para cruzar una calle embarrada bajo las burlas de los chicos malos. Ésta era su verdadera situación. Sabía que estaba en las proximidades de La Virgen y preguntaba por su camino. Esto es una pequeña parte de lo que oyó procedente de los botes que danzaban por allí:

—¿La Virgen? ¿De qué está hablando? Esto es Le Have en un domingo por la mañana. Vete a casa y despéjate.

—¡Vete a casa, tortuga de agua dulce! ¡Vete a casa y diles que vamos!

Media docena de voces unidas, formando un coro de los más variados tonos, mientras la popa se hundía y burbujeaba en la depresión de una ola.

—¡Arriba! ¡Arriba, por tu vida! Estás en lo más alto ahora.

—¡Abajo! ¡Abajo!

—Todos a las bombas.

—¡Abajo el foque e impulsad al barco!

El capitán perdió la paciencia y dijo algunas cosas. Al instante se suspendió la pesca para contestarle, y escuchó muchas curiosidades sobre su barco y el próximo puerto. Le preguntaron si estaba asegurado, y dónde había robado su ancla, porque, según decían ellos, pertenecía al Carrie Pitman. Chalana de barro llamaron al barco y le acusaron de verter basura para asustar a los peces. Se ofrecieron a remolcarlo y llevárselo a su esposa, y un audaz joven se deslizó por debajo de la bovedilla y dio un manotazo con la palma de la mano gritando: «¡Ven, petimetre!».

El cocinero vació un cacharro lleno de cenizas sobre él, y él respondió con cabezas de bacalao. La tripulación del bergantín quemaba carbón de galera y los de los botes amenazaban con subir a bordo y «arrasarlo». Ellos le hubieran avisado enseguida si se hubiera encontrado en verdadero peligro, pero, como se veía muy bien La Virgen, se arriesgaron al máximo. La diversión se terminó cuando habló la roca de nuevo, a media milla de distancia a barlovento, y el atormentado bergantín hacía lo que podía por mantener su rumbo, pero los botes sintieron que los honores eran suyos.

Durante toda la noche La Virgen rugió con furia. A la mañana siguiente, Harvey vio a la flota sobre un mar embravecido y blanco con los mástiles oscilando y a la espera. Ningún bote bajó hasta las diez de la mañana, momento en que lo hicieron los dos Jerauld del Day's Eye, imaginando una calma que no existía. Al momento la mitad de los botes estaban afuera cabeceando entre las olas, pero

Troop retuvo a la tripulación del We´re Here y se dedicaron a salar. No veía el sentido de arriesgarse, y como la tormenta arreció por la tarde, tuvieron el placer de recibir a extraños mojados, muy contentos por poder refugiarse del temporal. Los muchachos estaban situados en las poleas de los botes con faroles, los hombres estaban dispuestos a subir, con la mirada fija en las olas que les harían caer e incluso perder la vida. Allá afuera en la oscuridad se oyó un grito: «¡Bote, bote!». Subieron a un hombre empapado y un bote medio hundido. Continuaron así hasta que la cubierta estuvo llena de botes, unos encima de otros, y las literas llenas de hombres. Durante su guardia, Harvey saltó cinco veces a la vela cangreja porque azotaba al botalón, y se aferraba de pies, manos y dientes a la cuerda, al palo y la vela empapada cuando una gran ola inundaba la cubierta. Un bote se hizo astillas y el mar lanzó primero la cabeza del hombre sobre la cubierta, cortándole la frente. Al atardecer, cuando el mar brillaba con una luz trémula blanca, otro hombre, amoratado y espectral, avanzaba lentamente con una mano rota preguntando por su hermano. Siete bocas más se sentaron a desayunar: un sueco, un capitán de Chatham, un chico de Hancock (Maine), uno de Duxbury y tres hombres de Provincetown.

Al día siguiente se puso en orden la flota, y aunque nadie dijo nada, todos comieron con apetito. Bote tras bote devolvían a bordo a las tripulaciones. Sólo se habían ahogado dos portugueses y un anciano de Gloucester, pero muchos sufrieron heridas o contusiones. Dos goletas habían perdido el ancla y el viento las había empujado hacia el sur, a tres días de navegación. Un hombre murió en un barco francés (el mismo que había vendido tabaco al We´re Here). El barco se deslizaba en silencio aquella mañana blanca y húmeda, se dirigía a aguas profundas y sus velas colgaban de cualquier manera. Harvey vio el funeral a través del catalejo de Disko. No fue más que un bulto oblongo al que deslizaron por la borda. Al parecer no hubo ningún oficio religioso, pero por la noche, cruzando el oscuro mar coronado de estrellas, Harvey les oyó cantar algo que sonaba como un himno. Era una melodía muy lenta:

> *La brigantine*
> *qui va tourner,*

roule et s'incline
pour m'entraîner.
Oh, Vierge Marie,
pour moi priez Dieu!
Adieu, patrie;
Québec, adieu!

Tom Platt visitó el barco francés, pues, según explicó, el difunto era un hermano fracmasón. Se comentó que una ola le había estrellado contra el bauprés rompiéndole la espalda. Las noticias se extendieron con la velocidad de un rayo, porque, al contrario de la costumbre general, el barco francés subastaba los enseres del difunto, ya que no tenía amigos en St. Malo o en Miquelon. Se extendieron todos sus objetos sobre la cubierta, desde su gorra roja de punto hasta un cinturón de cuero con la vaina del cuchillo en la parte posterior. Dan y Harvey salieron en el Hattie S., sobre un mar de veinte brazas de profundidad, y naturalmente remaron para unirse a la multitud. Hubo puja, y ya llevaban algún tiempo allí cuando Dan compró un cuchillo, que tenía un curioso mango de latón. Cuando se dejaron caer por la borda y se dieron impulso entre la llovizna y el chapoteo del mar, se les ocurrió pensar que podrían tener problemas por no haberse preocupado de los sedales.

—Supongo que no nos hará daño entrar en calor —dijo Dan, tiritando debajo de su impermeable, y remaron con ganas hasta el corazón de una niebla blanca, la cual, como de costumbre, cayó sobre ellos sin avisar.

—Esa maldita corriente que nos rodea es muy fuerte para confiar en el instinto. Echemos el ancla, Harvey, y pescaremos hasta que se levante la niebla. Pon el anzuelo más grande que tengas. El de tres libras no será demasiado para este agua. Mira cómo se tensa ya.

Había un pequeño burbujeo en la proa, donde alguna corriente irregular del banco mantenía la cuerda del bote completamente estirada, pero no podía ver toda esa longitud en ninguna dirección. Harvey se subió el cuello y se inclinó sobre su carrete con aire de navegante preocupado. Ya no le atemorizaba la niebla. Pescaron en silencio durante un rato, y vieron que el bacalao picaba bien. Luego Dan sacó el cuchillo y probó su filo sobre la borda.

—Es una joya —dijo Harvey—. ¿Cómo lo conseguiste tan barato?

—Por culpa de las malditas supersticiones cristianas —dijo Dan, pinchando con la brillante hoja—. A ellos no les gusta quedarse con el hierro de un muerto, por así decirlo. ¿Viste a aquellos hombres dar un paso hacia atrás cuando pujé?

—Pero en una subasta no se toma algo de un muerto. Es un negocio.

—Ya lo sabemos, pero tampoco hay supersticiones. Ésa es una de las ventajas de vivir en un país que progresa —y Dan empezó a silbar:

¡Oh!, Double Thatcher, ¿cómo estás?
Ahora tenemos a la vista Eastern Point.
A las chicas y los chicos veremos pronto
anclados fuera de Cabo Ann.

—¿Por qué no pujó ese hombre de Eastport, entonces? Compró sus botas. ¿No es progresista Maine?

—¿Maine? ¡Bah! No saben lo suficiente. No tienen dinero suficiente ni para pintar sus casas. Los he visto. El hombre de Eastport me dijo que el cuchillo se había usado, según le había contado el capitán francés, en la costa francesa el año pasado.

—¿Hirió a algún hombre? —Harvey tomaba su pesca, ponía cebo nuevo y lo tiraba al agua.

—¡Le mató! Por supuesto cuando oí aquello aún tuve más ganas de conseguirlo.

—¡Cielos!, no lo sabía —dijo Harvey dándose la vuelta—. Te daré un dólar por él cuando... cobre mi paga. Bueno, te daré dos dólares.

—¿En serio? ¿Te gusta tanto como para eso? —preguntó Dan ruborizándose—. Bueno, te diré la verdad. Lo conseguí para ti... para dártelo a ti, pero no te lo iba a regalar hasta no saber cómo te lo tomarías. Es tuyo, Harvey, porque somos compañeros de bote. ¡Tómalo!

Él lo agarró con cinturón incluido.

—Pero mira aquí, Dan. No veo...

—Tómalo. Yo no lo utilizo. Deseo que lo tengas tú.

La tentación era irresistible.

—Dan, eres estupendo, lo conservaré mientras viva.

—Me alegra oír eso —dijo Dan con una sonrisa, y luego deseoso de cambiar de conversación dijo—: Mira, tu sedal se ha enganchado en algo.

—Supongo que se habrá enredado —dijo Harvey tirando. Antes de empezar a tirar se ajustó el cinturón, y con gran placer oyó cómo la punta de la funda chocaba contra la bancada del bote—. Me preocupa esta cosa —gritó—. Se comporta como si estuviera en un fondo de fresas. Aquí es zona arenosa, ¿no?

Dan se acercó y dio su opinión.

—El halibut se comporta así si está malhumorado. No hay fondo de fresas. Tira una o dos veces. Cederá, seguro. Supongo que sería mejor que lo sacáramos y nos aseguráramos.

Tiraron los dos juntos, haciendo fuerza sobre las cornamusas, y el peso oculto subió lentamente.

—¡Ya está! ¡Tira! —gritó Dan, pero el grito terminó en un chillido de horror, porque lo que salió del mar fue el cuerpo del francés muerto que habían arrojado al mar dos días antes. El anzuelo se había enganchado en su axila derecha, y allí estaba balanceándose, erguido y horrible, con la cabeza y los hombros por encima del agua. Sus brazos estaban atados a sus costados y... no tenía rostro. Los muchachos cayeron uno sobre otro en el fondo del bote, y allí se quedaron mientras aquella cosa se movía a su lado, enganchado al sedal.

—¡La marea... la marea le ha traído! —dijo Harvey temblándole los labios, mientras buscaba a tientas el broche del cinturón.

—¡Oh, Señor! ¡Oh, Harvey! —exclamó Dan—. ¡Rápido! Ha venido a por él. Dáselo. Quítatelo.

—¡No lo quiero! ¡No lo quiero! —gritaba Harvey—. No encuentro la he... hebilla.

—¡Rápido, Harvey! ¡Está en tu sedal!

Harvey se sentó para desabrocharse el cinturón, de frente a la cabeza sin rostro debajo de su cabello rizado. «Todavía está ahí», susurró a Dan, quien sacó su cuchillo para cortar el sedal mientras Harvey tiraba el cinturón por la borda. El cuerpo se hundió y Dan, más blanco que la niebla, se puso de rodillas con cautela.

—Vino a por él. Vino a por él. He visto sacar uno viejo en una red de arrastre y no me preocupé, pero él vino a nosotros.

—Ojalá... ojalá no hubiera aceptado el cuchillo. Entonces habría venido a tu sedal.

—No sé qué diferencia podría haber. Nos durará diez años el susto. ¡Oh, Harvey!, ¿viste su cabeza?

—¿Que si la vi? No la olvidaré nunca, pero mira aquí, Dan. No puede tener ningún significado. Ha sido la marea.

—¡Marea! Vino a por él, Harvey. Ellos le hundieron a seis millas al sur de la flota, y nosotros estamos a dos millas de donde está la flota ahora. Me dijeron que le habían hundido con una cadena de braza y media de longitud.

—¿No te preguntas qué hizo con el cuchillo en la costa francesa?

—Algo malo. Supongo que vino a tomarlo para el Juicio y... ¿Qué estás haciendo con los peces?

—Tirándolos por la borda —dijo Harvey.

—¿Por qué? No vamos a comerlos.

—No me importa. Tuve que mirar su cara mientras estaba quitándome el cinturón. Tú puedes quedarte con los tuyos si quieres. Yo tiro los míos.

Dan no dijo nada, pero tiró sus peces.

—Supongo que es mejor estar en la parte más segura —murmuró al final—. Daría mi paga de un mes porque se levantara la niebla. Ocurren cosas en la niebla que no se ven cuando el tiempo está despejado: gritos, chillidos y cosas así. Me consuela que viniera así en vez de andando. Podría haber venido andando.

—¡Nooo, Dan! Estamos justo encima de él ahora. Desearía estar seguro a bordo, y que me estuviera regañando el tío Salters.

—Saldrán a buscarnos. Dame el cuerno —Dan tomó el cuerno de hojalata, pero se detuvo antes de soplar.

—Vamos —dijo Harvey—. No quiero quedarme aquí toda la noche.

—La cuestión es cómo lo habrá atrapado. Un hombre de la costa me contó una vez que estuvo en una goleta donde nunca soplaban el cuerno para los botes, porque el capitán (no el que estaba entonces, sino otro que había estado en ella cinco años antes) había ahogado a un muchacho allí al lado mientras estaba borracho, y después aquel muchacho remaba a su lado y gritaba: «¡Bote, bote!», con los demás.

—¡Bote, bote! —gritó una voz apagada a través de la niebla. Se tumbaron en el fondo del bote de nuevo y a Dan se le cayó de las manos el cuerno.

—¡Mira! —gritó Harvey—. ¡Es el cocinero!

—No sé qué pensar de esta historia tan espantosa —dijo Dan—. Es el doctor, seguro.

—¡Dan, Danny! ¡Oh, Dan! ¡Harvey! ¡Harvey! ¡Oh, Harvey!

—Estamos aquí —dijeron los muchachos a coro. Oyeron remos, pero no pudieron ver nada hasta que el cocinero, radiante y empapado, remó hacia ellos.

—¿Qué ha ocurrido? —preguntó—. Os van a dar una paliza.

—Eso es lo que queremos. Eso es lo que queremos, sufrir —dijo Dan—. Algo conocido. Hemos tenido una compañía deprimente —mientras el cocinero les pasaba un cable, Dan le contó lo sucedido.

—¡Sí! Vino a por su cuchillo —fue todo lo que dijo al final.

Nunca les pareció tan acogedor el We´re Here cuando el cocinero, nacido y criado entre nieblas, les llevó de regreso a la goleta. Un cálido destello de luz salía del castillo y a continuación un agradable olor a comida, y era algo divino oír a Disko y a los demás, todos vivos, inclinados sobre la barandilla y prometiéndoles una paliza de primera clase. Pero el cocinero era un maestro de estrategias. No llevó a bordo los botes hasta que no hubo dado todos los detalles de la historia, explicando, mientras daba pasos hacia atrás y se chocaba contra la ventanilla, que Harvey era la mascota que destruía toda mala suerte posible. Así que los muchachos subieron a bordo como héroes increíbles, y todos les hicieron preguntas en vez de darles una paliza por causar problemas. El pequeño Penn casi pronunció un discurso sobre la locura de las supersticiones, pero la opinión general estaba en su contra y a favor de Long Jack, quien contó las historias de fantasmas más terribles hasta casi medianoche. Bajo aquella influencia nadie, a excepción de Salters y de Penn, habló de «idolatría» cuando el cocinero puso una vela encendida, un pastel de harina y agua y una pizca de sal sobre una tablilla, y las puso a flote a popa del barco para tranquilizar al francés en caso de que todavía estuviera inquieto. Dan encendió la vela porque había comprado el cinturón, y el cocinero masculló hechizos hasta que vio agonizar la llama.

Harvey le dijo a Dan cuando regresaban de su turno de guardia:

—¿Qué hay del progreso y de las supersticiones cristianas?

—¡Uf! Supongo que soy tan progresista como el que más, pero cuando un marinero muerto de St. Malo deja marcados a dos pobres muchachos por un cuchillo de treinta centavos y después el cocinero puede quedárselo, desconfío de los vivos y de los muertos.

A la mañana siguiente todos, a excepción del cocinero, se avergonzaron de las ceremonias y salieron a trabajar, hablándose con brusquedad unos a otros.

El We´re Here y el Parry Norman fueron parejos durante sus últimas cargas, y tan reñida era la lucha, que la flota se puso de un lado o del otro y se apostaron tabaco. Las tripulaciones trabajaban en las redes o salaban hasta que se quedaban dormidos de pie (empezaban antes del amanecer y terminaban cuando ya no podían ver por la oscuridad). Incluso empleaban al cocinero para pinchar pescado, y Harvey se metió en la bodega para pasar la sal, mientras Dan ayudaba a salar. Por desgracia, un hombre del Parry Norman sufrió un esguince de tobillo al caerse del castillo de proa, y el We´re Here ganó. Harvey no sabía cómo iban a meter un solo pez más en el barco, pero Disko y Tom Platt estibaban y aplastaban el montón con enormes piedras de lastrar, y siempre había «otro día de trabajo».

Disko no les dijo cuándo se agotó la sal. Rodeó el pañol hacia la popa del castillo y empezó a izar la gran vela mayor. Eran las diez de la mañana. Se arrió la vela triangular y al mediodía se izaron la delantera y la gavia. Los botes llegaron a su lado con cartas para sus hogares, envidiando su buena suerte. Al final se despejó la cubierta, se izó la bandera (derecho del que disfruta el primer barco que abandona los bancos), levó el ancla y comenzó a moverse. Disko fingió desear ver a los que no le habían entregado cartas, así que se paseó muy digno entre las goletas. En realidad, era su pequeño desfile triunfal, y por quinto año consecutivo demostraba qué clase de marinero era él. El acordeón de Dan y el violín de Tom Platt

acompañaron a los mágicos versos que no se pueden cantar hasta
que se ha agotado la sal:

> *¡Hi, hi! ¡Yoho! ¡Enviad vuestras cartas!*
> *¡Se agotó la sal, levamos anclas!*
> *¡Envergad, oh, envergad vuestras velas mayores,*
> > *[regresamos a nuestra tierra del Norte.*
> *Con mil quinientos quintales*
> *y otros mil quinientos quintales*
> *cargados hasta los topes*
> *entre Queereau y el Gran Banco.*

Las últimas cartas fueron lanzadas a cubierta envolviendo trozos de carbón, y los hombres de Gloucester lanzaban a gritos mensajes para sus esposas y novias y propietarios, mientras el We´re
Here terminaba su paseo por la flota acompañado de música, moviéndose sus velas como la mano de un hombre al decir adiós.

Harvey pronto descubrió que el We´re Here de vela triangular,
yendo de banco a banco, y el We´re Here dirigiéndose al oeste bajo
todo el velamen, eran dos barcos muy diferentes. Podía sentir el
peso muerto, allá en la bodega, precipitarse hacia adelante por el
oleaje, y la línea de burbujas a cada lado del barco le producía vér-
tigo.

Disko les mantuvo ocupados en las velas, y cuando estuvieron
tan lisas como las de una regata, Dan tuvo que esperar sobre la gran
gavia, que se ponía a mano cada vez que viajaba la embarcación.
En momentos libres bombeaban para que el pescado amontonado
goteara salmuera, lo cual no mejoraba la carga. Pero como no había que pescar, Harvey tenía tiempo para mirar al mar desde otro
punto de vista. La goleta, con sus costados bajos, estaba más ligada
a su entorno. Veían poco horizonte salvo cuando coronaban una
ola, y normalmente empujaba, se movía inquieta y con paciencia
se abría paso a través de las olas grises, grises azuladas o negras
que les rociaban fría espuma, o rozaba acariciando la falda de alguna colina de agua más grande. Parecía decir: «Tú no me harías
daño, ¿verdad? Sólo soy la pequeña We´re Here». Luego se alejaba
deslizándose entre risas, suavemente, hasta que se acercaba a un
nuevo obstáculo. El más insulso de los hombres no puede ver estas

cosas hora tras hora, día tras día, sin advertirlo. Y Harvey, que era cualquier cosa menos insulso, empezó a comprender y a disfrutar del coro que formaban las olas que sonaban como un llanto constante. Los vientos cruzaban aprisa los espacios abiertos y conducían las sombras de las nubes teñidas de azul purpúreo. Los amaneceres llenos de esplendor, la neblina de cada mañana que todo lo envolvía y después se retiraba. El resplandor salado de la luna, el beso de la lluvia sobre miles de millas cuadradas, el fresco ennegrecimiento de todo al acabar el día, y millones de arrugas del mar bajo la luz de la luna, cuando el botalón de foque acariciaba las estrellas más bajas, y Harvey bajaba a por un buñuelo del cocinero.

Pero lo más divertido era cuando los chicos iban al timón juntos, al alcance de la voz de Tom Platt, y la goleta bajaba abrazando su batayola a sotavento, hacia el arrollador azul, y un pequeño arcoíris continuo aparecía sobre el cabrestante. Luego los botalones gimoteaban contra el mástil, las escotas crujían y el viento bramaba sobre las velas, y cuando caía en la depresión de la ola, era como una mujer que se pisara su propio vestido, y tropezara, y se levantara con su foque mojado hasta la mitad, suspirando por ver las luces de la isla de Tatcher.

Dejaron atrás el clima frío y gris del mar de los bancos, vieron barcos de madera viejos que se dirigían a Quebec por los estrechos de San Lorenzo, los bergantines de Jersey que traen sal de España y de Sicilia; encontraron viento favorable del nordeste en el banco Artimon, que les condujo hasta llegar a ver el faro de isla Sable y siguió con ellos hasta pasar Western y Le Have, hacia el extremo norte de Georges. Desde allí surcaron aguas profundas y la goleta marchó libre.

—Hattie está tirando de la cuerda —le confió Dan a Harvey—. Hattie y mamá. El próximo domingo habrá un chico tirando agua sobre las ventanas para hacer que te vayas a dormir. Supongo que te quedarás con nosotros hasta que llegue tu familia. ¿Sabes qué es lo mejor al llegar a tierra?

—¿Un baño caliente? —dijo Harvey. Sus párpados estaban blancos por la sal.

—Eso es bueno, pero es mejor un pijama. He estado soñando con pijamas desde que envergamos la vela mayor. Entonces puedes mover los dedos de los pies. Mamá tendrá uno nuevo para mí, limpio y suave. ¡Llegamos a casa, Harvey! ¡A casa! Ya puedo sentirlo en el aire. Vamos a precipitarnos sobre una cálida ola ahora, y puedo oler la bahía.

Las indecisas velas restallaban y sacudían el aire a medida que disminuía la profundidad del mar a su alrededor, azul y aceitoso. Cuando llamaban a un viento, sólo lluvia venía en gotas puntiagudas, produciendo burbujas y tamborileando en el agua, y tras la lluvia el trueno y el relámpago de mediados de agosto. Ellos se tumbaban en la cubierta con los pies descalzos y los brazos descubiertos, contándose uno a otro lo que pedirían para comer cuando estuvieran en la costa, porque ahora ya se veía tierra firme. Un barco de Gloucester que se dedicaba a la pesca del pez espada navegaba a su lado. En un pequeño púlpito situado sobre el bauprés un hombre sujetaba su arpón, con la cabeza al descubierto y el pelo aplastado por la humedad. «¡Y todo va bien!», cantaba alegre, como si estuviera de guardia en un gran barco de pasajeros. «Wouverman te está esperando, Disko. ¿Qué noticias hay de la flota?».

Disko le habló a gritos y pasaron de largo, mientras la fuerte tormenta de verano resonaba con fuerza arriba y los relámpagos danzaban procedentes de cuatro lugares diferentes a la vez. Se veía el pequeño círculo de colinas que rodean el puerto de Gloucester, la isla Ten Pound, la lonja del pescado, la línea interrumpida de los tejados de las casas y cada palo y cada boya sobre el agua. Se veían fotografías deslumbradoras que iban y venían una docena de veces, hasta el momento en el que el We´re Here pasó la tormenta y la boya silbante gemía y se lamentaba tras la goleta. Entonces la tormenta se desvanecía en mechones largos, separados, con destellos azules y blancos, seguidos por un estruendo, como el estruendo de una batería de morteros, y el aire agitado se estremecía bajo las estrellas hasta que regresaba el silencio.

—¡La bandera, la bandera! —dijo Disko de repente, señalando hacia arriba.

—¿Qué sucede? —preguntó Long Jack.

—¡Otto! Media asta. Ya nos pueden ver desde la costa.

—Lo había olvidado. No tenía parientes en Gloucester, ¿verdad?

—La chica con la que se iba a casar después de esta temporada.

—¡Que la Virgen se apiade de ella! —dijo Long Jack, y bajó la bandera a media asta por Otto, quien se había caído por la borda tres meses antes durante un temporal en Le Have.

Disko secó las lágrimas de sus ojos y llevó al We´re Here al muelle de Wouverman, dando órdenes en voz baja, mientras avanzaba balanceándose por entre los remolcadores amarrados y los vigilantes nocturnos les saludaban desde los oscuros embarcaderos. En la oscuridad y el misterio de la procesión, Harvey podía sentir cercana la tierra que le rodeaba, donde miles de personas dormían, y el olor de la tierra después de la lluvia, y el familiar ruido de un motor en marcha en un almacén de mercancías, y todas estas cosas hicieron que latiera con fuerza su corazón y que su garganta se secara mientras permanecía en la escota de proa. Oyeron al vigilante encargado de las anclas roncar sobre un remolcador faro, en la oscuridad, donde un farol alumbraba débilmente a cada lado. Alguién se despertó resoplando, les arrojó un cabo y lo amarraron a un silencioso embarcadero rodeado de una especie de cobertizos grandes con tejados de hierro, llenos de cálido vacío, y se quedaron allí sin hacer ningún ruido.

Entonces Harvey se sentó al lado del timón, lloró y lloró como si tuviera el corazón destrozado, y una mujer alta que había estado sentada en una escala, subió a la goleta y besó a Dan en la mejilla. Era su madre, que había visto al We´re Here en los destellos de los relámpagos. No se dio cuenta de la presencia de Harvey hasta que no se hubo recuperado un poco. Disko le había contado su historia. Entonces se fueron juntos a la casa de Disko, pues ya despuntaba el alba, y hasta que la oficina de telégrafos se abriera y pudiera enviar un cable a su familia, Harvey Cheyne se sintió quizá el muchacho más solitario de América.

Pero lo curioso fue que Disko y Dan no parecían pensar mal de él por llorar.

Wouverman no aceptó el precio de Disko y Disko, seguro de que el We´re Here llevaba una semana de ventaja a las demás embarcaciones de Gloucester, le había dado unos días para pensarlo. Todos se dedicaron a pasear por las calles, y Long Jack paró el tranvía Rocky Neck, por principio, como él decía, hasta que el conductor le permitió viajar gratuitamente. Pero Dan iba por allí con su pecosa nariz al aire, misterioso y algo altivo con su familia.

—Dan, tendré que darte una paliza si sigues comportándote así —dijo Troop pensativamente—. Desde que hemos llegado a tierra pareces otro.

—Yo le daría la paliza ahora si fuera hijo mío —dijo el tío Salters. Él y Penn se alojaban con los Troop.

—¡Oh! —dijo Dan, andando con el acordeón alrededor del patio, dispuesto a saltar el cercado si avanzaba el enemigo—. Papá, nunca te confundes en tus juicios, pero recuerda que te lo he advertido. Tu propia carne y tu propia sangre te lo ha advertido. No es culpa mía si te has confundido, pero estaré en la cubierta para verte. Y respecto a ti, tío Salters, el mayordomo del faraón no es nada a tu lado. Vigila afuera y espera. Te van a cortar como tú a ese maldito trébol. Pero yo, Dan Troop, recibiré el laurel por mantener mi propia opinión.

Disko estaba fumando con toda su dignidad y con un par de hermosas zapatillas como alfombra.

—Te estás volviendo loco como el pobre Harvey. Vosotros dos vais por ahí con risitas y dándoos golpecitos por debajo de la mesa hasta que ya no hay paz en casa —dijo Disko.

—Va a haber un bulto menos —replicó Dan—. Espera y verás.

Dan y Harvey se fueron a East Gloucester en tranvía; allí pasearon entre los arbustos de laurel hasta el faro, y se tumbaron sobre las grandes rocas rojas alisadas y se rieron hasta que sintieron hambre. Harvey había enseñado el telegrama a Dan, y los dos juraron guardar silencio hasta que estallara la bomba.

—¿La familia de Harvey? —dijo Dan después de la cena, con semblante sereno—. Bueno, supongo que no tienen mucho de particular porque hubiéramos oído hablar de ellos. Su padre posee una especie de almacén en el Oeste. Quizá te dé cinco dólares como mucho, papá.

—¿Qué te dije? —dijo Salters.

CAPÍTULO IX

Por muchas que sean las preocupaciones de ámbito personal, un multimillonario, como cualquier otro trabajador, tiene que mantener su negocio al día. Harvey Cheyne, padre, había viajado al este a finales de junio para encontrarse con una mujer destrozada, medio loca, que soñaba noche y día con su hijo ahogándose en las grises aguas. Él la había rodeado de doctores, enfermeras experimentadas, masajistas, e incluso de personas que curan por medios mentales, pero todo había sido inútil. La señora Cheyne estaba tendida sin moverse y lloraba, o hablaba de su hijo a cualquiera que la escuchara. No tenía esperanza ninguna, y ¿quién podía ofrecérsela? Lo que necesitaba era asegurarse de que al ahogarse no había sufrido, y su marido vigilaba para evitar que ella misma lo experimentara. Él hablaba poco de su dolor, apenas era consciente de su profundidad hasta que se sorprendió preguntando al calendario de su escritorio: «¿Qué sentido tiene continuar?».

Siempre había alimentado la ilusión de que algún día, cuando él hubiera terminado todo y el muchacho hubiera terminado sus estudios, tomaría de la mano a su hijo y le guiaría a sus posesiones. Entonces ese muchacho, argüía, como hacen los padres ocupados, se convertiría al momento en su compañero, socio y aliado, y vendrían espléndidos años de grandes obras realizadas juntos: la llama vieja alimentando a la nueva. Ahora su hijo estaba muerto, perdido en el mar, como si hubiera sido un marinero sueco de uno de los grandes barcos de té propiedad de Cheyne. Su esposa se moría o, lo que era peor, él mismo estaba rodeado de mujeres, doctores, doncellas y criados, más preocupado de lo que su resistencia podía soportar por el cambio de los pobres caprichos impacientes de su esposa, sin esperanza, sin ánimo de enfrentarse a sus muchos enemigos.

Había llevado a su esposa a su nuevo palacio de San Diego, donde ella y su personal ocupaban un ala del gran palacio, y Cheyne, en una galería entre un secretario y una mecanógrafa, que era también telegrafista, trabajaban sin descanso día a día. Había una guerra de precios entre cuatro empresas de ferrocarriles del oeste en la cual se suponía que estaba interesado; una huelga devastadora se había producido en sus madereros de Oregón, y la legislación del Estado de California, a quien no le gustaban sus actos, estaba preparando una guerra abierta en su contra.

En condiciones normales, él hubiera aceptado la batalla antes de que se la ofrecieran, y hubiera librado una batalla sin escrúpulos y agradable. Pero ahora se sentaba lánguidamente, su suave sombrero negro inclinado sobre su nariz, su voluminoso cuerpo reducido en el interior de su ropa, mientras observaba sus botas o los juncos chinos de la bahía, y respondía distraídamente a las preguntas de su secretario mientras abría el correo del sábado.

Cheyne se preguntaba cuánto costaría dejarlo todo. Tenía muchos seguros, podría comprarse rentas reales, y entre uno de sus emplazamientos en Colorado y una pequeña sociedad (que le haría bien a su esposa), digamos en Washington y las islas de Carolina del Sur, un hombre podría olvidar unos planes que iban a reducirse a la nada. Por otro lado...

El tecleo de la mecanógrafa se detuvo. La muchacha estaba mirando al secretario, quien se había puesto pálido.

Le entregó a Cheyne un telegrama procedente de San Francisco.

«Salvado por la goleta We´re Here. He estado en los Grandes Bancos pescando. Todo bien. Espero dinero u órdenes en Gloucester, en casa de Disko Troop. ¿Cómo está mamá?».

N. Cheyne.

El padre dejó caer el telegrama, inclinó la cabeza sobre la tapa corrediza de su escritorio cerrado y respiró profundamente. El secretario corrió a buscar al médico de la señora Cheyne, quien encontró a Cheyne caminando con impaciencia de un sitio a otro.

—¿Qué... qué piensa de eso? ¿Es posible? ¿Tiene algún sentido? No acabo de comprenderlo —gritó.

—Yo sí —dijo el doctor—. Pierdo siete mil al año... eso es todo —pensaba en la brega de Nueva York que había abandonado por el ofrecimiento de Cheyne, y le devolvió el telegrama dando un suspiro.

—¿Quiere decir que usted se lo diría? Puede ser un fraude.

—¿Con qué motivo? —dijo fríamente el doctor—. La posibilidad existe. Es el chico.

Entró una doncella francesa, con insolencia, como alguien indispensable a quien sólo se tiene por un buen salario.

—La señora Cheyne dice que tiene que ir enseguida.

El dueño de treinta millones de dólares inclinó la cabeza y siguió dócilmente a Suzanne, y una voz aguda, débil, procedente del piso de arriba, sobre la escalera cuadrada de madera blanca, gritó:

—¿Qué pasa? ¿Qué ha sucedido?

Ninguna puerta pudo contener el grito que hizo eco en toda la casa un momento después, cuando su marido le dio la noticia.

—Y eso es todo —dijo el doctor a la mecanógrafa con toda serenidad—. Si hay algo de cierto en las novelas sobre un estado médico, es que la alegría no mata, señorita Kinzey.

—Lo sé, pero hay mucho que hacer —la señorita Kinzey era de Milwaukee, hablaba con franqueza y como se imaginaba cuando se inclinó hacia el secretario, adivinaba que había mucho trabajo entre manos. Él estaba mirando seriamente el enorme mapa enrollable de Estados Unidos que colgaba en la pared.

—Milsom, vamos a hacer un viaje directo. Vagón privado, directo a Boston. Preocúpate de los enlaces —gritó Cheyne bajando las escaleras.

—Creo que sí.

El secretario se volvió hacia la mecanógrafa y sus ojos se encontraron (de allí nació una historia que nada tiene que ver con esta historia). Ella miró inquisitivamente, dudando de los recursos de él. Él le indicó que se dirigiera al Morse, como un general que pone en acción a los brigadas. Entonces se acarició el pelo, contempló el techo y se puso a trabajar, mientras que los blancos dedos de la señorita Kinzey llamaban al continente de América.

—K. H. Wade, Los Ángeles: El Constance está en Los Ángeles, ¿verdad, señorita Kinzey?

—Sí —la señorita Kinzey asintió con la cabeza mientras tecleaba y el secretario consultó el reloj.

—¿Preparada? «Envíen el vagón privado Constance aquí, y prepárenlo para salir de aquí el domingo a tiempo para enlazar con el de New York Limited en Sixteenth Street, Chicago, próximo martes».

—Clik, clik, clik, ¿No se podría mejorar eso?

—No a estas alturas. Se necesitan sesenta horas para ir de aquí a Chicago. No ganarán nada yendo en vagón privado al Este. ¿Preparada? «Dispongan también enlace con Lake Shore y Michigan Southern para llevar al Constance por la New York Central y Hudson River Buffalo hasta Albany, y de Albany a Boston. Indispensable llegar a Boston el miércoles por la tarde. Asegúrense de que no haya impedimentos. Se envía cable también a Canniff, Toucey y Barnes. Firmado: Cheyne».

La señorita Kinzey asentía con la cabeza, y el secretario continuaba.

—Ahora. Canniff, Toucey y Barnes, por supuesto. ¿Preparada? «Canniff, Chicago. Por favor, lleve mi vagón privado Constance desde Santa Fe a Sixteenth Street el próximo martes p. m. por la N.Y. Limited hacia Buffalo y envíe N.Y.C. para Albany». ¿Ha estado en Nueva York alguna vez, señorita Kinzey? Iremos algún día. ¿Preparada? «Lleve vagón de Buffalo a Albany en Limited, martes p. m.». Ése es para Toucey.

—No he ido a Nueva York, pero ¡lo conozco! —dijo con un movimiento de cabeza brusco.

—Ruego me perdone. Ahora Boston, Albany, Barnes, las mismas instrucciones desde Albany a Boston. Salida tres y cinco p. m. (no es necesario que telegrafíe eso), llegada nueve y cinco p. m. miércoles. Eso cubre todo, pero se paga bien.

—Es grande —dijo la señorita Kinzey, con una mirada de admiración. Ésta era la clase de hombre que ella comprendía y apreciaba.

—No está mal —dijo Milsom con modestia—. Ahora nadie salvo yo habría tardado treinta horas y perdido una semana solucionando el viaje en vez de transmitir directamente a Chicago vía Santa Fe.

—Pero mire aquí, es sobre esa New York Limited. Ni el mismo Chauncey Depew pudo enganchar su vagón a él —indicó la señorita Kinzey, recuperándose.

—Sí, pero éste no es Chauncey. Es Cheyne... el rayo. Irá.

—Incluso así. Supongo que sería mejor telegrafiar al muchacho. Lo ha olvidado usted.

—Preguntaré.

Cuando regresó con el mensaje del padre de prometerle a Harvey que se encontrarían en Boston a la hora señalada, encontró a la señorita Kinzey riéndose sobre las teclas. Luego Milsom se rio también por los mensajes de desesperación procedentes de Los Ángeles: «Queremos saber por qué, por qué, por qué. Crece el malestar general».

Diez minutos después Chicago apelaba a la señorita Kinzey con las siguientes palabras: «Si está madurando el crimen del siglo, por favor avise a los amigos con tiempo. Estamos aquí para cubrir».

Este mensaje quedó oculto por otro procedente de Topeka (y Milsom no lograba adivinar qué tenía que ver Topeka): «No dispare, coronel. Nos rendiremos».

Cheyne sonreía forzadamente por la consternación de sus enemigos cuando le presentaron los telegramas.

—Creen que estamos en pie de guerra. Diles que no vamos a luchar ahora. Diles el motivo de nuestro viaje. Supongo que sería mejor que usted y la señorita Kinzey vinieran con nosotros, aunque no creo que sea posible trabajar por el camino. Cuénteles la verdad... por una vez.

Así que se supo la verdad. La señorita Kinzey tecleó con sentimiento mientras que el secretario añadía la memorable cita de: «Déjennos en paz», y en las salas de juntas a dos mil millas de distancia los representantes de ferrocarriles de sesenta y tres millones de dólares respiraron con más libertad. El oso estaba buscando a su cachorro, no a toros. Los hombres duros que tenían sus cuchillos preparados para luchar por su supervivencia financiera, depusieron las armas y le desearon suerte, mientras que media docena de asustados se animaban y hablaban de las cosas maravillosas que habrían hecho si Cheyne no hubiera enterrado el hacha.

Fue un fin de semana en el que se enviaron muchos cables, porque, ahora que había desaparecido la angustia, hombres y ciudades se apresuraron a complacerle. Desde Los Ángeles se comunicó a San Diego y Barstow que los maquinistas del Southern California deberían estar preparados en sus solitarios depósitos de locomotoras. Barstow contactó con el Atlántico y con el Pacífico. Albuquerque se hizo cargo de todo el recorrido de Atchison, Topeka y Santa Fe, incluso hasta Chicago. Una locomotora, vagón combinado con personal, y el gran vagón dorado privado Constance iba a ser «expedido» para recorrer esas dos mil trescientas cincuenta millas. El tren tendría preferencia sobre otros ciento setenta y siete. Los expedidores y personal de cada uno de esos trenes tenían que ser avisados. Dieciséis locomotoras, dieciséis maquinistas y dieciséis oficiales de máquinas serían necesarios: los mejores de los que se pudiera disponer. Se permitirían dos minutos y medio para cambiar las locomotoras, tres para el agua y dos para el carbón. «Avisen a los hombres y preparen los depósitos y los conductos, porque Harvey Cheyne tiene prisa, prisa... prisa», decían los cables. «Se espera una velocidad de cuarenta millas por hora, y los supervisores de zona acompañarán a este vagón especial en sus zonas respectivas. Desde San Diego hasta Sixteenth Street, Chicago, colocad la alfombra mágica. ¡Deprisa, deprisa!».

—Hará calor —dijo Cheyne, mientras salían de San Diego el domingo al amanecer—. Vamos a darnos prisa, mamá, iremos tan deprisa como podamos, pero realmente creo que no es buena idea que te pongas sombrero y guantes todavía. Sería mejor que te acostaras y te tomaras tu medicina. Jugaría contigo al dominó, pero es domingo.

—Estaré bien. ¡Oh!, estaré bien. Sólo que quitarme el sombrero me hace sentir como si nunca fuéramos a llegar allí.

—Intenta dormir un poco, mamá, y estaremos en Chicago antes de que te des cuenta.

—Pero vamos a Boston, papá. Diles que se den prisa.

Los maquinistas de seis pies de altura iban camino de San Bernardino y el desierto Mohave, pero no se podía ir a mucha velocidad. Eso vendría después. El calor del desierto siguió al calor de las colinas a medida que se dirigían hacia el este, hacia Needles y el río Colorado. El vagón se rajó por aquella sequía tan fulminante y tuvieron que poner hielo machacado en el cuello a la señora Cheyne, y avanzaron con dificultad hasta pasar Ash Fork, hacia Flagstaff, donde los bosques y las canteras están bajo cielos remotos y secos. La aguja del indicador de velocidad se meneaba de arriba abajo, la carbonilla vibraba sobre el techo, y el giro de las ruedas producía remolinos de polvo que se aspiraban. El personal se sentaba sobre sus literas, jadeando en mangas de camisa, y Cheyne se halló entre ellos contando viejas historias del ferrocarril que todos los empleados conocen. Les habló de su hijo, y de cómo el mar había evitado su muerte, y ellos asentían con la cabeza y escupían y se alegraban con él. Le preguntaban si la locomotora podría soportar «ir a toda máquina», y Cheyne creía que sí. Por consiguiente, fueron «a toda máquina» desde Flagstaff hasta Winslow, hasta que un supervisor de zona protestó.

Pero la señora Cheyne, en el tocador de su camarote, donde la doncella francesa, pálida por el miedo, hacía sonar el llamador de plata, lloraba un poco y rogaba a su marido que fueran deprisa. Y así dejaron atrás las áridas arenas y rocas lunares de Arizona, y ella le interrogaba hasta que el ruido de los enganches y de los frenos les advirtieron de que estaban en Coolidge, en la Continental Divide.

Tres hombres audaces y expertos (fríos, seguros de sí mismos y secos cuando empezaron; blancos, estremecidos y mojados cuando terminaron su trabajo en esas terribles ruedas) subieron el tren desde Albuquerque a Glorietta y más allá, a Springer; subieron y subieron hasta Raton Tunnel sobre la State Line, donde empezaron a bajar acunándose hacia La Junta, tuvieron ante sus ojos el Arkansas y descendieron por la larga pendiente hacia Dodge City, donde Cheyne se consoló adelantando su reloj para ponerlo en hora.

Poca conversación había en el vagón. El secretario y la mecanógrafa estaban sentados juntos sobre los cojines españoles de piel estampada, al lado de la ventanilla de la parte trasera, observando las traviesas que dejaban atrás, y se cree que tomando notas del paisaje. Cheyne se sentía inquieto porque, a pesar de su propio esplendor económico, se veía sometido a la necesidad de los enlaces, con un cigarrillo apagado entre sus dientes, hasta que el compasivo personal que le atendía olvidó que él era su enemigo tribal y hacía lo posible por complacerle.

Por la noche se ponía en funcionamiento el sistema eléctrico que iluminaba aquel palacio de lujo lleno de angustia, y ellos comían con suntuosidad, balanceándose en un estado de lamentable desolación. A veces oían el silbido de un depósito de agua, la gutural voz de un chino, el clink-clink de los martillos comprobando las ruedas de acero Krupp y el juramento de algún vagabundo al que echaban del andén. Otras veces oían el fuerte estrépito del carbón que se echaba al ténder, y luego las voces de rechazo cuando adelantaban a un tren que esperaba. Otras veces miraban al gran abismo, un bastidor que zumbaba, o miraban hacia arriba, a las rocas que borraban las estrellas. Ahora los barrancos se transformaban y de nuevo parecían llegar las recortadas montañas allá en el horizonte, y luego descendían por colinas cada vez menos pronunciadas hasta que al fin llegaron las verdaderas llanuras.

En Dodge City una mano desconocida tiró un periódico de Kansas que contenía una especie de entrevista con Harvey, quien sin duda había caído en manos de un periodista con iniciativa, avisado por telégrafo desde Boston. El alegre periodista revelaba que no había lugar a dudas de que era su hijo, y eso tranquilizó a la señora Cheyne durante un tiempo. Su única palabra «deprisa» fue transmitida al personal, a los maquinistas de Nickerson, Topeka y Marceline, donde las pendientes no eran tan pronunciadas e iban dejando atrás el continente. Ciudades y pueblos parecían unirse ahora, y aquí podía sentir un hombre que se movía entre gente.

—No puedo ver el reloj y me duelen los ojos. ¿Qué estamos haciendo?

—Todo lo que podemos, mamá. Sólo tenemos que esperar un poco. No tiene ningún sentido adelantar a la Limited.

—No me importa. Quiero sentir que nos movemos. Siéntate y díme cuantas millas quedan.

Cheyne se sentó y le dijo la hora. El vagón de setenta pies de longitud nunca cambiaba su balanceado, parecido al de un vapor, moviéndose por el calor con el zumbido de una abeja gigante. Sin embargo, la velocidad no era suficiente todavía para la señora Cheyne. Y el calor, el implacable calor de agosto, hacía que se sintiera mareada. Las agujas del reloj no se movían y cuándo, ¡oh!, ¿cuándo estaría en Chicago?

No es cierto, cuando cambiaron de locomotora en Ford Madison, que Cheyne diera una donación a la Amalgamated Brotherhood of Locomotive Engineers suficiente como para permitirles combatir contra él y sus amigos en igualdad de términos para siempre. Pagó lo que creyó que merecían los maquinistas y los oficiales de máquinas, y sólo su banco sabe lo que dio al personal que había viajado con él. Consta que el último personal que le atendió cobró sus honorarios completos de las operaciones de cambios de agujas en Sixteenth Street, porque al fin «el vagón» descansaba, y que el cielo ayudara al que se chocara con él.

Ahora bien, el especialista bien pagado que dirige el Lake Shore y Michigan Southern Limited desde Chicago hasta Elkhart es un poco autócrata, y no admite que se le diga cómo tiene que retroceder un vagón. No al menos que maneje el Constance como si tuviera dentro una carga de dinamita, y cuando el personal le reprendía lo hacía en susurros y haciéndose los tontos.

—¡Bah! —decían los hombres de Atchison, Topeka y Santa Fe, hablando tiempo después—. No corríamos para batir un récord. La esposa de Harvey Cheyne se mareaba y no queríamos ir dando tumbos. Se llegó a pensar en ello, porque nuestro tiempo de viaje desde San Diego a Chicago fue de 57,54. Pueden decírselo a los de los trenes del este. Cuando estemos intentado batir un récord, se lo haremos saber.

Respecto al hombre del oeste, Chicago y Boston estaban cara a cara, y algunos ferrocarriles se animaron con la idea. La Limited condujo al Constance a Buffalo, donde los brazos de la New York Central and Hudson River lo llevaron hasta Albany (ilustres magnates de pelo blanco y colgantes de oro en las cadenas del reloj subieron para hablar de un pequeño negocio con Cheyne) y después a Boston, donde se completó el viaje de costa a costa, concluyendo el viaje en ochenta y siete horas y treinta y cinco minutos, o tres días y quince horas y media. Harvey les estaba esperando.

Después de una emoción fuerte cualquier persona, y todos los muchachos, sienten hambre. Celebraron el regreso del hijo pródigo detrás de las cortinas cerradas, aislados con su gran felicidad, mientras los trenes rugían a su alrededor. Harvey comió, bebió y narró sus aventuras sin tomar aliento, y cuando dejaba libre una mano, su madre se la acariciaba. Su voz era más recia por haber vivido al aire libre y salado. Las palmas de las manos eran callosas y duras, sus muñecas estaban marcadas y doloridas, y sus botas de goma y su jersey azul desprendían un suave olor a bacalao.

El padre, muy acostumbrado a juzgar a los hombres, le observó con detalle. No sabía qué daño irremediable podría haber sufrido su hijo. De hecho se sorprendió pensando que conocía muy poco a su hijo, pero lo recordaba claramente como un muchacho insatisfecho, de rostro pastoso a quien le gustaba «reprender al viejo» y provocar las lágrimas de su madre (el mismo que se divertía en las habitaciones y galerías de los hoteles donde los cándidos jóvenes ricos jugaban con los botones o les insultaban). Pero este joven pescador tan seguro de sí mismo no se avergonzaba, le miraba fijamente con ojos claros y resueltos, y hablaba con un tono distinto, respetuoso para sorpresa del padre. Había algo en su voz tambien que parecía prometer que aquel cambio y aquella personalidad permanecerían en Harvey.

«Alguien ha sabido manejarle», pensó Cheyne. «Constance nunca lo hubiera permitido. Creo que Europa no le hubiera sentado mejor».

—¿Pero por qué no le dijiste a ese hombre, a Troop, quién eras? —repitió la madre cuando Harvey le había contado su historia al menos dos veces.

—Disko Troop, mamá. El mejor hombre que ha pisado la cubierta de un barco.

—¿Por qué no le dijiste que te llevara a la costa? Sabes que papá le hubiera recompensado diez veces más.

—Lo sé, pero él pensó que yo estaba loco. Le llamé ladrón porque no encontré el dinero que llevaba en mi bolsillo.

—Un marinero lo encontró cerca del asta de la bandera aquella noche —suspiró la señora Cheyne.

—Eso lo explica entonces. No culpo de nada a Troop. Sólo le dije que no trabajaría en el banco, y por supuesto me dio un golpe en la nariz y, ¡oh!, sangré como un cerdo.

—¡Mi pobre niño! Han tenido que abusar mucho de ti.

—Nada de eso. Bueno, después de todo vi una luz.

Cheyne se dio una palmada en la pierna y se rio. Iba a ser un buen muchacho después de todo. Nunca había visto aquel brillo en los ojos de Harvey.

—Y el viejo me ofreció diez dólares y medio al mes. Ya me ha pagado la mitad. Estuve al lado de Dan y aprendí mucho. No puedo realizar el trabajo de un hombre todavía, pero puedo manejar un bote casi tan bien como Dan y no me pierdo en la niebla... casi nunca. He hecho mis guardias con vientos suaves y sé poner carnada en una red de arrastre; conozco las cuerdas y los cabos, por supuesto, y sé pescar, conozco al viejo *Josephus* y os enseñaré a colar el café con un trozo de piel de pescado y... creo que tomaré otra taza, por favor. No tenéis ni idea de todo el trabajo que hay que hacer por diez dólares y medio al mes.

—Yo empecé ganando ocho y medio, hijo —dijo Cheyne.

—¿De verdad? Nunca me lo dijiste.

—Nunca me lo preguntaste, Harvey. Te lo contaré algún día, si quieres escucharme. Prueba las aceitunas rellenas.

—Troop dice que una de las cosas más interesantes del mundo es observar cómo come el de al lado. Es maravilloso comer de nuevo en buenas condiciones, aunque estábamos bien alimentados. Es un gran hombre. Y Dan, su hijo, es mi compañero. Y ahí estaba el tío Salters y sus fertilizantes, y lee el libro de *Josephus*. Todavía está seguro de que estoy loco. Y el pobre Penn, que está loco. No debes hablar con él sobre Johnstown, porque... Y tenéis que conocer a Tom Platt y a Long Jack y a Manuel. Manuel me salvó la vida. Siento que sea portugués, no habla mucho, pero es un eterno músico. Me encontró perdido y a la deriva y me rescató.

—Me sorprende que tus nervios no estén destrozados —dijo la señora Cheyne.

—¿Por qué, mamá? Trabajaba como un caballo, comía como un cerdo y dormía como un muerto.

Eso fue demasiado para la señora Cheyne, quien empezó a pensar en sus visiones de un cadáver flotando en el salado océano. Se retiró a su camarote y Harvey se sentó cómodamente al lado de su padre y le explicó la gran deuda que había contraído.

—Puedes confiar en mí, haré todo lo que esté a mi alcance por la tripulación, Harvey. Parecen buenos hombres según hablas.

—Los mejores de la flota, papá. Pregunta en Gloucester —dijo Harvey—. Pero Disko todavía cree que me ha curado la locura. Dan es el único que sabe algo de ti, y nuestros vagones privados y todo lo demás, y no estoy seguro de que se lo haya creído todo. Quiero dejarles paralizados mañana. ¿Puedes llevar el Constance a Gloucester? Creo que no sería adecuado que mamá se moviera mucho, y además tenemos que terminar de descargar el pescado mañana. Wouverman se queda con el pescado. Somos los primeros que hemos terminado la temporada en los bancos, y pedimos cuatro veinticinco por quintal. Nos quedaremos allí hasta que pague. Tienen prisa por conseguir pescado.

—¿Quieres decir que tienes que trabajar mañana?

—Le dije a Troop que iría. Yo me encargo de las balanzas. He traído conmigo las cuentas —miró al grasiento cuaderno con un aire de importancia que hizo reír a su padre—. Según mis cálculos no hay más que tres... no... dos noventa y cuatro o noventa y cinco quintales.

—Contrata a un sustituto —sugirió Cheyne para ver qué decía Harvey.

—No puedo. Soy el hombre de las cuentas para la goleta. Troop dice que tengo mejor cabeza para las cifras que Dan. Troop es un hombre muy justo.

—Bueno, suponiendo que no mueva el Constance esta noche, ¿cómo vas a ir?

Harvey consultó el reloj. Eran las once y veinte.

—Bueno, dormiré aquí hasta las tres de la mañana y tomaré el tren de las cuatro. Permiten viajar gratis a los hombres de la flota como norma.

—Ésa es una buena idea. Pero creo que podemos llegar allí en el Constance tan pronto como el tren. Es mejor que te vayas a dormir ahora.

Harvey se tendió en el sofá, se quitó las botas y se quedó dormido antes de que su padre le protegiera de la luz. Cheyne se sentó y observó el joven rostro bajo la sombra del brazo apoyado en la frente, y entre las muchas cosas que se le ocurrieron estaba la idea de que quizá había sido un padre negligente.

—Uno nunca sabe cuándo va a sufrir los mayores riesgos —dijo—. Podría haber sido peor que el ahogarse, pero creo que no lo ha sido... no lo ha sido. Y si no lo ha sido, no tengo dinero suficiente para pagar a Troop, eso es todo. Y no creo que lo haya sido.

La mañana trajo una suave brisa que entró por las ventanillas. El Constance se encontraba entre los vagones de mercancías de Gloucester, y Harvey había ido a su trabajo.

—Se va a caer de nuevo por la borda y se va a ahogar —dijo la madre con amargura.

—Iremos a verlo y nos prepararemos para echarle una cuerda en ese caso. Nunca le has visto trabajar para ganarse el pan —dijo el padre.

—¡Qué tontería! ¡Como si una esperara...!

—Bueno, el hombre que lo contrató lo hizo.

Bajaron caminando entre las tiendas llenas de impermeables de pescadores hacia el muelle de Wouverman, donde se encontraba el We´re Here con su bandera ondeando al viento todavía. Todos estaban muy ocupados trabajando con la luz de la mañana. Disko estaba situado en la ventanilla principal supervisando a Manuel, a Penn y al tío Salters, que se encontraban en las jarcias. Dan balanceaba los cestos cargados a bordo mientras Tom Platt y Long Jack los llenaban, y Harvey, con un cuaderno, representaba los intereses del capitán ante el empleado de las balanzas al borde del muelle salpicado de sal.

—¡Preparados! —gritaron voces desde abajo.

—¡Tirad! —gritó Disko.

—¡Ya! —dijo Manuel.

—¡Aquí! —dijo Dan, balanceando el cesto. Entonces oyeron la voz de Harvey, clara y fresca, comprobando el peso.

Habían sacado el último pescado y Harvey saltó desde la cuerda de seis pies de largo al flechaste, ya que era el camino más corto para entregarle las cuentas a Disko: «Dos noventa y siete, y una bodega vacía».

—¿Cuál es el total, Harvey? —preguntó Disko.

—Ocho sesenta y cinco. Tres mil seiscientos setenta y seis dólares con veinticinco centavos. ¡Ojalá compartiera las ganancias!

—Bueno, no podría decir que no te lo has merecido, Harvey. ¿Quieres subir a la oficina de Wouverman y entregarle nuestras cuentas?

—¿Quién es ese muchacho? —preguntó Cheyne a Dan, quien estaba muy acostumbrado a todo tipo de preguntas tontas de aquellos veraneantes holgazanes que se subían a bordo.

—Bueno, es una especie de sobrecargo —fue la respuesta—. Lo recogimos cuando iba a la deriva en los bancos. Se cayó por la borda de un barco de pasajeros, dice. Era un pasajero. Ahora va camino de convertirse en pescador.

—¿Merece la pena?

—Sí. Papá, este señor quiere saber si Harvey merece la pena. ¿Le gustaría subir a bordo? Fijaremos una escalera para ella.

—Sí, me gustaría. No te hagas daño, mamá, y podrás verlo todo por ti misma.

La mujer que una semana antes no podía levantar ni la cabeza, subió por la escalera y se quedó horrorizada cuando se vio en medio de aquel desorden que había a bordo.

—¿Está interesado en Harvey? —preguntó Disko.

—Bueno, sí.

—Es buen chico. ¿Han oído ya cómo lo encontramos? Sufría de los nervios, supongo, y además se debió golpear en la cabeza con algo cuando le subimos a bordo. Ahora ya se encuentra bien. Sí, este es el castillo. No está muy ordenado, pero sean bien venidos. Éstas son sus cifras, las del tubo de la chimenea, donde anotamos nuestras cuentas.

—¿Dormía aquí? —preguntó la señora Cheyne, mientras se sentaba sobre un cajón amarillo y contemplaba las desordenadas literas.

—No. Él dormía en otro lugar con mi chico y tomaban empanadas y se hartaban de ellas cuando deberían haber estado durmiendo. No creo que encuentre nada malo en él.

—No hay nada malo en Harvey —dijo el tío Salters descendiendo por la escalera—. Colgaba mis botas en la galleta del mástil y no es respetuoso con quien sabe más que él, especialmente sobre agricultura, pero se dejaba llevar por Dan.

Dan, mientras tanto, sacando provecho de las oscuras indirectas de Harvey aquella mañana, estaba bailando una danza de guerra sobre la cubierta.

—¡Tom, Tom! —susurraba hacia la bodega—. Ha llegado su familia y mi padre no se ha dado cuenta todavía. Están en el castillo. Ella es una dama y él es todo lo que Harvey nos ha dicho.

—¡Cielos! —dijo Long Jack trepando hacia arriba, cubierto de sal y de piel de pescado—. ¿Crees que es cierta su historia del coche tirado por cuatro caballos?

—Lo sé desde hace mucho tiempo —dijo Dan—. Ven a ver cómo mi padre se ha equivocado en su juicio sobre él.

Fueron muy alegres y llegaron justo en el momento en el que Cheyne decía:

—Me alegro de que tenga tan buen carácter, porque... es mi hijo.

Disko se quedó boquiabierto y miró fijamente a aquel hombre y a aquella mujer.

—Recibí este telegrama en San Diego hace cuatro días, y hemos venido.

—¿En un vagón privado? —preguntó Dan—. Él dijo que podían.

—En un vagón privado, por supuesto.

Dan miró a su padre guiñándole el ojo irrespetuosamente.

—Nos contó una historia sobre que poseía un coche tirado por cuatro ponis —dijo Long Jack—. ¿Es eso cierto?

—Completamente, ¿verdad mamá? —dijo Cheyne.

—Tenía un coche pequeño cuando estuvimos en Toledo, creo —dijo la madre.

Long Jack silbó.

—¡Oh, Disko! —dijo, y eso fue todo.

—Me confundí, me he confundido en mi juicio, es peor que lo de los hombres de Marblehead —dijo Disko. Iba diciendo sus palabras según las pensaba—. No es porque sea suyo, señor Cheyne, es que pensé que el muchacho estaba loco. Él hablaba de una forma tan extraña sobre el dinero...

—Así me lo ha contado.

—¿Le ha contado algo más?, porque le pegué una vez —hizo este comentario mientras miraba con preocupación a la señora Cheyne.

—¡Oh, sí! —replicó Cheyne—. Yo diría que probablemente le hizo más bien que cualquier otra cosa en el mundo.

—Lo juzgué necesario en ese momento, si no no lo hubiera hecho. No quiero que piense que abuso de nuestros grumetes en esta embarcación.

—No creo que lo haga, señor Troop.

La señora Cheyne observaba los rostros: los duros rasgos de Disko que parecían tallados en marfil; el rostro del tío Salters, con su barba de agricultor; la sencillez desconcertante de Penn; la sonrisa serena de Manuel; el rostro de Long Jack, iluminado de satisfacción, y la cicatriz de Tom Platt. Rudos, según sus cánones de belleza, pero tenía el instinto maternal en sus ojos y se levantó para estrecharles la mano.

—¡Oh, díganme quién es cada cual! —dijo ella a punto de sollozar—. Quiero darles las gracias y bendecirles... a todos ustedes.

Disko presentó a todos en la forma debida. El capitán de un barco de los viejos tiempos no lo habría hecho mejor, y la señora Cheyne balbucía de forma incoherente. Estuvo a punto de arrojarse a los brazos de Manuel cuando comprendió que había sido él el que había encontrado a Harvey.

—¿Pero cómo iba a haberlo dejado a la deriva? —dijo el pobre Manuel—. ¿Qué habría hecho usted si lo hubiera encontrado? Conseguimos a un buen muchacho y me alegro de que sea su hijo.

—Me dijo que Dan era su compañero —dijo ella. Dan ya estaba ruborizado, pero ahora enrojeció cuando la señora Cheyne le dio un beso en las mejillas delante de todos. Entonces la guiaron afuera para enseñarle el castillo de proa, ante el cual ella lloró de nuevo, y tuvieron que bajar de nuevo para ver la litera de Harvey; allí se encontró con el cocinero negro limpiando la estufa, y él inclinó la cabeza como si durante años hubiera esperado encontrarse con ella. Hablando todos a la vez intentaban explicarle la vida diaria en el barco y ella se sentó junto al palo trinquete, y apoyó sus manos, sin quitarse los guantes, sobre la grasienta tabla, riéndose mientras le temblaban los labios y llorando.

—¿Y quién va a usar el We're Here después de esto? —dijo Long Jack a Tom Platt—. Me da la sensación de que ella haría una catedral con él.

—¡Catedral! —dijo con sorna Tom Platt—. ¡Oh!, si al menos hubiera sido el barco de la Comisión de Pesca... Si al menos hubiéramos tenido alguna decencia cuando vino ella... Ha tenido que trepar por esa escalera como una gallina y nosotros... nosotros mientras tanto ocupándonos de las vergas.

—Entonces Harvey no estaba loco —dijo Penn a Cheyne lentamente.

—No, gracias a Dios —respondió con ternura el gran millonario mientras bajaba encorvado.

—Tiene que ser terrible estar loco. Excepto perder un hijo, no conozco nada más terrible. Pero su hijo ha regresado. Demos gracias a Dios por ello.

—¡Hola! —dijo Harvey con benevolencia, mirando hacia abajo cuando regresó del muelle.

—Estaba equivocado, Harvey. Estaba equivocado —dijo Disko enseguida, levantando la mano—. Me equivoqué en mi juicio. No es necesario que me lo recuerdes más.

—Supongo que yo me encargaré de eso —dijo Dan.

—Ahora te marcharás, ¿verdad?

—Bueno, no sin antes cobrar mi paga, a menos que quiera que le embargue el We´re Here.

—Es cierto, casi lo olvido —y contó el resto del dinero—. Cumpliste tu contrato, Harvey, y lo hiciste tan bien como si hubieras crecido... —aquí se detuvo Disko. No supo cómo terminar la frase.

—¿Fuera de un vagón privado? —sugirió Dan con picardía.

—Vamos, os lo enseñaré —dijo Harvey.

Cheyne continuó hablando con Disko, pero los demás se dirigieron en procesión hacia la estación, con la señora Cheyne a la cabeza. La doncella francesa dio un grito ante semejante invasión. Y Harvey mostró las maravillas del Constance sin decir una palabra. Ellos lo observaron con igual silencio: la piel estampada, los pomos de plata de las puertas, terciopelo, vidrio, níquel, bronce, hierro forjado y las extraordinarias maderas de la marquetería continental.

—Os lo dije —dijo Harvey—. Os lo dije —era su venganza, una gran venganza.

La señora Cheyne encargó la cena. Nada quedó al margen de la historia que contó Long Jack en su pensión posteriormente. Los hombres que están acostumbrados a comer en mesas diminutas con vientos huracanados tienen un comportamiento curiosamente fino en la mesa, pero la señora Cheyne, que no sabía aquello, se sorprendió. Deseaba tener de mayordomo a Manuel al ver con qué silencio y facilidad se comportaba entre la frágil cristalería y la exquisita plata. Tom Platt recordó sus grandes días en el Ohio, y los modales de potentados extranjeros que cenaban con los oficiales. Y Long Jack, como irlandés que era, dio conversación hasta que todos se sintieron cómodos.

En el castillo del We´re Here los padres intentaban conocerse mejor entre el humo de sus cigarros. Cheyne sabía bastante bien cuándo estaba tratando con un hombre al que no se le podía ofrecer dinero. Igualmente sabía muy bien que no había dinero que pudiera pagar lo que Disko había hecho. Se guardó su propio consejo y esperó.

—No he hecho nada a su hijo o por su hijo salvo hacerle trabajar un poco y enseñarle a manejar el cuadrante —dijo Disko—. Tiene mejor cabeza para las cifras que mi hijo.

—Por cierto —contestó Cheyne con indiferencia—, ¿qué ha pensado hacer con su hijo?

Disko se quitó el cigarro y lo sacudió.

—Dan es un chico sencillo y no me permite saber lo que piensa. Este barco pasará a él cuando yo me retire. Él no desea abandonar este oficio. Lo sé.

—¡Hum! ¿Ha estado alguna vez en el oeste, señor Troop?

—En cierta ocasión llegué a Nueva York en barco. No he usado el ferrocarril, y Dan tampoco. El agua salada es buena para los Troop.

—Puedo darle todo el agua salada que necesite probablemente... hasta que sea capitán.

—¿Cómo es eso? Pensé que usted era una especie de rey del ferrocarril. Harvey así nos lo dijo cuando... me equivoqué en mi juicio.

—Todos podemos equivocarnos. Imaginé que quizá sabría usted que soy el propietario de una línea de barcos de té, de San Francisco a Yokohama. Seis de ellos son de hierro, pesan unas mil setecientas ochenta toneladas cada uno.

—¡Este condenado muchacho! Nunca me lo dijo. Si yo le hubiera oído hablar de barcos en vez de ferrocarriles y de coches tirados por ponis...

—Él no lo sabía.

—Se le habrá pasado ese detalle, supongo.

—No, me he apodera..., es decir, he adquirido los buques de carga Blue M., la antigua línea de Morgan and M'Quade, este verano.

Disko se sentó derrumbado al lado de la estufa.

—¡El gran Caesar Almighty! Phil Airheart se fue de esta ciudad hace seis o siete años, y ahora es oficial de cubierta en el San José, hace veintiséis días que está afuera. Su hermana vive aquí todavía y lee sus cartas a mi mujer. ¿Y usted es el propietario de los buques de carga Blue M.?

Cheyne asintió con la cabeza.

—Si hubiera sabido eso habría regresado a puerto.

—Quizá eso no hubiera sido tan bueno para Harvey.

—¡Si lo hubiera sabido! Si sólo hubiera nombrado esa maldita línea, yo lo hubiera comprendido. Nunca confiaré más en mis juicios, nunca. Son embarcaciones muy sólidas, según dice Phil Airheart.

—Me alegro de tener una recomendación así. Airheart es ahora capitán del San José. Lo que quería proponerle es saber si me dejaría a Dan uno o dos años para ver si podemos hacer de él un oficial de cubierta. ¿Se lo confiaría a Airheart?

—Es arriesgado quedarse con un novato.

—Conozco a un hombre que hizo más por mí.

—Es diferente. Mire, no voy a recomendar a Dan especialmente porque sea de mi misma carne y sangre. Sé que las rutas de los bancos no son las mismas que las de un carguero, pero él no tiene mucho que aprender. Puede ir al timón mejor que cualquier muchacho de su edad, y lo demás lo lleva en la sangre, pero desearía que supiera más de navegación.

—Airheart se encargará de ello. Él navegará como grumete en un viaje o dos, y luego podemos situarle en un lugar con porvenir. Supongo que querrá tenerlo a mano este invierno. Enviaré a buscarle a principios de la primavera. Sé que las rutas del Pacífico son muy largas.

—¡Bah!, nosotros los Troop, vivos y muertos, estamos por toda la tierra y todos los mares.

—Pero deseo que comprenda que siempre que desee verle, me lo dirá y yo le proporcionaré el transporte. No le costará un centavo.

—¿Si quisiera venir conmigo a mi casa para hablar de esto con mi mujer? Me siento tan confundido que ya no sé si esto me parece real.

Se dirigieron a la casa de Troop, blanca, ribeteada de azul, que le había costado mil ochocientos dólares. Tenía un bote inservible lleno de capuchinas en el patio principal y una sala con las contraventanas cerradas que era un museo de recuerdos marinos. Allí estaba sentada una mujer voluminosa, silenciosa y grave, con esos ojos empañados de aquellos que miran mucho al mar esperando el regreso de sus seres queridos. Cheyne se dirigió a ella sin más preámbulos y ella consintió con tedio.

—Sólo en Gloucester perdemos a cien cada año, señor Cheyne —dijo ella—, cien muchachos y hombres. He llegado a odiar el mar como si fuera un ser vivo. Dios no hizo el mar para que los humanos ancláramos en él. ¿Esos barcos suyos van directos a un puerto y regresan directos a casa de nuevo?

—Tan directos como lo permiten los vientos, y se ofrece un bono a quien bata un récord. El té no mejora por estar en el mar.

—Cuando Dan era pequeño solía jugar a ser tendero, tenía esperanzas de que aquello continuara. Pero pronto aprendió a remar en un bote y supe que aquello también me iba a ser negado.

—Son buques de cruz, hechos de hierro y con buena estructura. Recuerda lo que te lee la hermana de Phil cuando recibe sus cartas.

—Nunca he sabido por qué Phil cuenta mentiras, es demasiado aventurero (como la mayoría de los que están acostumbrados al mar). Si Dan lo desea, señor Cheyne, puede ir, a pesar de lo que piense yo.

—Ella odia el mar —explicó Disko—, y yo no sé cómo ser cortés con usted y agradecérselo.

—Mi padre, mi hermano mayor, dos sobrinos y el marido de mi segunda hermana —dijo ella ocultando la cabeza entre sus manos—. ¿Cómo se puede querer a algo que te ha quitado tanto?

Cheyne se tranquilizó cuando regresó Dan y aceptó con más entusiasmo del que era capaz de expresar con palabras. En realidad la oferta significaba un destino seguro hacia todo lo que se pudiera desear, pero Dan pensó en las horas de guardia en cubierta y en entrar en puertos lejanos.

La señora Cheyne había hablado en privado con el extraño Manuel sobre el rescate de Harvey. Parecía que él no deseaba dinero. Después de presionarle, le dijo que aceptaría cinco dólares porque quería comprarle algo a una chica.

—De todos modos, ¿cómo podría aceptar dinero cuando tengo para comer y para fumar? Usted me dará algo tanto si quiero como si no, ¿verdad? Entonces me dará dinero, pero no así. Dará todo lo que crea conveniente.

Le presentó a un sacerdote portugués que tenía una lista de viudas que se encontraban casi en la indigencia, una lista casi tan larga como su sotana. Como Unitaria que era, la señora Cheyne no podía simpatizar con ese credo, pero cedió al final por respeto a este hombre moreno y locuaz.

Manuel, fiel hijo de la iglesia, la colmó de bendiciones por su caridad.

—Esto me deja en libertad —dijo él—. Ahora tengo muy buenas absoluciones para seis meses —y se marchó a comprar un pañuelo para la chica del momento y para romper el corazón de muchas otras.

Salters se fue con Penn al oeste por una temporada, y no dejó dirección. Temía que aquella gente millonaria, con vagones privados ruinosos, pudiera interesarse mucho en su compañía. Era mejor visitar a la familia del interior hasta que se despejara la costa.

—Nunca te mezcles con gente rica, Penn —dijo—, o te romperé este tablero de damas en la cabeza. Si olvidas tu nombre de nuevo, o sea Pratt, recuerda que eres socio de Salters Troop, y quédate donde estés en ese momento hasta que yo vaya a por ti. No vayas tras ellos.

CAPÍTULO X

Pero el caso del silencioso cocinero del We´re Here fue curioso, porque, con sus avíos en un pañuelo, se subió al Constance. El salario no le preocupaba, y tampoco le preocupaba lo más mínimo dónde dormiría. Su destino, como le había sido revelado en sueños, era seguir a Harvey durante el resto de su vida. Intentaron persuadirle de lo contrario, pero los negros de Cabo Bretón son diferentes de los de Alabama, y el cocinero y sirviente propuso el asunto a Cheyne. El millonario simplemente se rio. Presuponía que Harvey necesitaría un sirviente algún día, y estaba seguro que uno voluntario valdría cinco veces más que uno normal. Así que le permitieron quedarse, incluso aunque se llamara a sí mismo MacDonald y jurara en gaélico. El vagón podía regresar a Boston, donde, si no cambiaba de opinión, le llevarían con ellos hacia el oeste.

Con el Constance, al que odiaba en lo más profundo de su corazón, partió el último remanente del millonario reino de Cheyne, y disfrutó de una activa ociosidad. Gloucester era una ciudad nueva y una tierra nueva, y se propuso «conquistarla», como había hecho con todas las ciudades desde Snohomish a San Diego. El dinero se movía en la sinuosa calle, que era mitad muelle y mitad almacén de barcos. Paseaba por allí como si fuera un destacado profesional que deseara saber. Los hombres decían que cuatro de cada cinco croquetas de pescado que se servían para desayunar el domingo en Nueva Inglaterra procedían de Gloucester, y le abrumaban con cifras de estadísticas de barcos, equipos, extensión de los muelles, capital invertido, salados, embalajes, fábricas, seguros, cargamentos, reparaciones y beneficios. Hablaba con propietarios de grandes flotas cuyos capitanes eran poco más que hombres contratados, y cuyas tripulaciones procedían de Suecia y Portugal principalmente. Luego habló con Disko, uno de los pocos que eran dueños de su embarcación, y en su mente comparaba los datos obtenidos. Iba por las tiendas de los marineros haciendo preguntas con una curiosidad occidental alegre y tranquila hasta que esa parte de la ciudad quiso saber «qué demonios estaba persiguiendo aquel hombre». Merodeaba por las salas de la Mutual Insurance, y pedía explicaciones sobre los misteriosos comentarios que anotaban con tiza en la pizarra todos los días, para luego bajarlos los secretarios de cada una de las Sociedades de Ayuda a las viudas y huérfanos de pescadores, dentro de los límites de la ciudad. Ellos suplicaban con todo descaro, cada hombre ansiaba batir el récord de la otra institución, y Cheyne se tiraba de la barba y le hablaba de ello a la señora Cheyne.

Ella estaba descansando en una casa de huéspedes cerca de Eastern Point, un lugar extraño, que, al parecer, administraban los huéspedes, donde los manteles de las mesas eran de cuadros rojos y blancos, y los que allí se alojaban, que parecían conocerse desde hacía años, se levantaban a medianoche para hacerse pan tostado con queso fundido si sentían hambre. A la segunda mañana de estar allí, la señora Cheyne se quitó sus solitarios de diamantes antes de bajar a desayunar.

—Es una gente encantadora —le confió a su marido—, muy amables y sencillos. Casi todos son de Boston.

—Eso no es sencillez, mamá —dijo él mirando a través de los manzanos a las hamacas que colgaban allí—. Es eso otro que nosotros... que yo no he tenido.

—No puede ser —dijo la señora Cheyne con serenidad—. Ninguna mujer de aquí posee un vestido que cueste más de cien dólares. Nosotros...

—Lo sé, querida. Nosotros tenemos, por supuesto, nosotros tenemos. Supongo que es el estilo del este sencillamente. ¿Lo has pasado bien?

—No veo mucho a Harvey. Siempre está contigo, pero no estoy tan nerviosa como antes.

—No había pasado una época tan agradable desde que murió Willie. Nunca fui consciente de que tuve un hijo anterior a éste. ¿Te puedo ofrecer algo, querida? ¿Un cojín para la cabeza? Bueno, Harvey y yo nos vamos al muelle otra vez a dar una vuelta.

Harvey era la sombra de su padre aquellos días, los dos paseaban uno al lado del otro. Cheyne aprovechaba las pendientes para apoyar su mano sobre el hombro de Harvey. Fue entonces cuando Harvey advirtió y admiró lo que nunca le había llamado antes la atención: el curioso poder de su padre de llegar al corazón de nuevos asuntos y de aprenderlos de hombres de la calle.

—¿Cómo consigues que te cuenten todo sin esfuerzo? —preguntó el hijo, cuando salían de un almacén de aparejos.

—He tratado con muchos hombres, Harvey, y sé ponerme a su altura, supongo. Sé algo de mí mismo también —después de una pausa se sentaron en el borde de un muelle—. Los hombres siempre pueden hablar cuando un hombre se ha ocupado de las cosas por sí mismo, y entonces te tratan como a uno de ellos.

—Igual que me trataron en el muelle de Wouverman. Ahora pertenezco a la tripulación. Disko les ha dicho a todos que me he ganado mi paga —Harvey extendió las manos y se frotó las palmas—. Están suaves de nuevo —dijo con tristeza.

—Así debes mantenerlas durante unos años, mientras estudias. Ya las endurecerás después.

—Sí, supongo que sí —fue la respuesta con un tono no muy animado.

—Depende de ti, Harvey. Puedes cobijarte en tu madre, por supuesto, y que ella se preocupe de tus nervios y de tus tensiones y toda esa clase de tonterías.

—¿Hice eso alguna vez? —preguntó Harvey intranquilo.

Su padre se volvió hacia donde estaba sentado y apoyó su larga mano sobre Harvey.

—Sabes tan bien como yo que no puedo hacer nada si no te dejas guiar por mí. Sólo puedo manejarte si estás solo, pero soy incapaz de preocuparme de ti y de tu madre al mismo tiempo. La vida es demasiado corta.

—¿Para qué sirvo? —preguntó Harvey.

—Supongo que la culpa es mía, pero si quieres saber la verdad, hasta ahora no has servido para muchas cosas.

—¡Hum!, Disko piensa... Bueno, ¿has calculado cuánto te he costado desde que nací?

Cheyne sonrió.

—Nunca lo he seguido de cerca, pero estimo que en dólares y centavos se acerca más a los cincuenta mil dólares que a los cuarenta mil, quizá sean sesenta. La nueva generación es cara. Tiene que tener cosas y de todo se cansa pronto... ¡y el viejo paga la cuenta!

Harvey silbó, pero dentro de su corazón se alegraba al pensar que su educación hubiera costado tanto.

—Y todo ha sido capital perdido, ¿verdad?

—Invertido, Harvey. Espero que invertido.

—Aunque sólo hubieran sido treinta mil, los treinta que he ganado representan diez centavos por cada cien. Es una ganancia muy pobre —Harvey movió la cabeza con solemnidad.

Cheyne se rio y estuvo a punto de caerse al agua desde el montón de maromas en el que estaba sentado.

—Disko ha conseguido más de su hijo Dan desde que tenía diez años. Y la mitad del año va a la escuela también.

—¡Oh! ¿Es eso lo que estás persiguiendo?

—No. No estoy persiguiendo nada. No voy a perjudicarme ahora, eso es todo... pero debería recibir alguna bofetada.

—No puedo hacerlo. Supongo que no lo habré hecho nunca.

—Entonces lo recordaría hasta el fin de mis días... y nunca te olvidaría —dijo Harvey con la barbilla apoyada en las muñecas.

—Exactamente. Eso es algo que yo haría. ¿Ves?

—Ya veo. La culpa es mía y de nadie más. Habrá que hacer algo al respecto.

Cheyne sacó un cigarro del bolsillo, mordió la punta y empezó a fumar. Padre e hijo se parecían mucho. La barba ocultaba la boca de Cheyne, pero Harvey tenía la nariz aquilina de su padre, los mismos ojos negros juntos y pómulos salientes. Con un toque de pintura marrón habría representado de forma pintoresca a los indios pieles roja de los libros.

—A partir de ahora —dijo Cheyne lentamente—, puedes costarme unos seis u ocho mil dólares al año hasta que seas mayor de edad. Bueno, entonces serás ya un hombre, vivirás a mi costa con cuarenta o cincuenta mil dólares, además de lo que te dé tu madre, tendrás un ayuda de cámara, un yate o un rancho de ensueño donde puedes fingir que crías caballos y jugar a las cartas con los amigos.

—¿Como Lorry Tuck? —preguntó Harvey.

—Sí, o como los dos hijos de De Vitré o el hijo del viejo M'Quade. California está llena de ellos, y aquí viene un ejemplo del este mientras estamos hablando.

Un brillante yate negro de vapor, con cubierta de caoba, con bitácoras de níquel plateado y toldos a rayas rosas y blancas, entró echando humo en el puerto, ondeando la insignia de un club de Nueva York. Dos jóvenes, siguiendo lo que ellos creían costumbres del mar, jugaban a las cartas junto al tragaluz de la sala y dos mujeres con quitasoles rojos y azules miraban y reían de buena gana.

—Ni siquiera se preocupan de que les sorprenda un viento suave. No están alerta —comentó Harvey a modo de crítica mientras el yate se acercaba lentamente a la boya de anclaje.

—Están disfrutando. Yo puedo darte eso, y dos veces más, Harvey. ¿Te gustaría?

—¡Santo cielo! Ésa no es forma de llevar un barco —dijo Harvey, pendiente del yate todavía—. Si yo no supiera soltar un cabo mejor que ellos, me hubiera quedado en tierra... ¿Qué sucedería si...?

—¿Si te quedas en tierra?

—Yate y rancho y vivir a costa del «viejo» y buscar la protección de mamá cuando haya problemas —dijo Harvey, guiñando un ojo.

—En ese caso, ven conmigo, hijo mío.

—¿Diez dólares al mes? —otro guiño.

—Ni un centavo más hasta que lo merezcas, y no empezarás a disfrutarlo hasta dentro de unos años.

—Preferiría empezar barriendo la oficina. ¿No es así como empiezan? Pero disfrutando de algo ahora.

—Lo sé. Todos nos sentimos así. Pero supongo que podrás contratar a quien necesites para barrer. Yo cometí el mismo error por empezar tan pronto.

—Treinta millones de dólares no parece un error, ¿no? Yo me arriesgaría, papá.

—Perdí algo y gané algo. Ya te lo contaré.

Cheyne se tiró de la barba y sonrió mientras observaba las tranquilas aguas. Empezó a hablar como si se encontrara solo y Harvey se dio cuenta de que estaba contando la historia de su vida. Hablaba en voz baja, sin ningún gesto, sin ninguna expresión, y era una historia por la que una docena de periódicos hubiera pagado mucho dinero, la historia de cuarenta años que era a su vez la historia del Nuevo Oeste, todavía sin escribir.

Se iniciaba con un niño perdido en Tejas y continuaba de forma fantástica con muchos cambios de vida, escenas vividas en estados del oeste, en ciudades que surgían en un mes y en una estación y luego desaparecían, con miles de aventuras en campamentos levantados en zonas salvajes que ahora son municipios empedrados. Esa vida incluía la construcción de tres líneas de ferrocarril y la destrucción deliberada de una cuarta. Hablaba de vapores, ciudades, bosques y minas, y hombres de todas las naciones que tripulaban esos vapores, creaban esas ciudades, talaban esos bosques y cavaban esas minas. Mencionaba oportunidades de conseguir una gran riqueza que flotaban en el aire y nadie veía o que perdían simplemente por tiempo o viajes. Y a través de esa locura, algunas veces a caballo, otras a pie, unas veces rico, otras pobre, dentro y fuera, hacia atrás o hacia delante, marinero de cubierta, fogonero del tren, contratista, anfitrión de casa de huéspedes, periodista, maquinista, viajante de comercio, agente de tierras, político, aprovechado, vendedor de ron, propietario de mina, especulador, ganadero o vagabundo, Harvey Cheyne se movía, siempre al acecho, buscando sus propios fines y, como decía, para gloria y progreso de su país.

Hablaba de la fe que nunca le abandonaba, aunque estuviera al borde de la desesperación; la fe que proviene de conocer a los hombres y a las cosas. Trataba con detalle, aunque parecía estar hablando para sí mismo, de su gran valor y de sus recursos en cada ocasión. Todo estaba tan claro en su mente que nunca cambiaba el tono de su voz. Describía cómo había vencido a sus enemigos, o les había perdonado, exactamente igual que ellos le habían vencido o perdonado a él en aquellos días de irreflexión. Hablaba de cómo había suplicado, engatusado e intimado a ciudades, empresas y sindicatos, todo por el bien perdurable de ellos. Había cruzado barrancos o pasado por debajo de montañas, construyendo líneas de ferrocarril de hierro, y al final se había sentado tranquilo mientras las comunidades promiscuas destruían su reputación.

La historia dejó a Harvey sin aliento, su cabeza algo inclinada hacia un lado, sus ojos fijos en el rostro de su padre, mientras el cigarro encendido de su padre iluminaba sus arrugadas mejillas y sus cejas espesas. Parecía que observaba a una locomotora que cruza veloz el campo en la oscuridad, pero esta locomotora podía hablar, y sus palabras emocionaban al muchacho hasta lo más profundo de su alma. Al fin Cheyne tiró la colilla del cigarro y los dos se quedaron sentados en la oscuridad oyendo el chapoteo del agua.

—Nunca se lo he contado a nadie —dijo el padre.

Harvey estaba boquiabierto.

—Es lo más grandioso que he oído nunca —dijo.

—Eso es lo que conseguí. Ahora viene lo que no conseguí. No te sonará mucho, pero no deseo que seas tan viejo como yo cuando lo descubras. Puedo manejar a los hombres, por supuesto, y no soy ningún tonto en mis asuntos, pero... pero no puedo competir con los hombres que tienen estudios. He ido aprendiendo de la experiencia durante todo este tiempo y supongo que eso se ha visto desde fuera.

—Yo no lo he visto —dijo el hijo indignado.

—Lo harás, Harvey, lo harás, tan pronto como termines tus estudios. Conozco la mirada de los hombres que creen que soy un patán. Puedo hacerles pedazos, sí, pero no puedo herirles donde más les afecta. No digo que ellos sean superiores, pero yo no me siento superior en cierto sentido. Ahora tú tienes tu oportunidad. Tienes que absorber todos los conocimientos que te rodean y vivirás con gente que va a hacer lo mismo. Lo van a hacer por unos cuantos miles de dólares al año como mucho, pero recuerda que tú lo vas a hacer por millones. Aprenderás leyes suficientes para proteger tu propiedad cuando yo ya no esté y tendrás que ser fuerte con los mejores hombres del mercado (luego resultan útiles), y sobre todo tendrás que «hincar los codos» sobre los libros para aprender. Es como más se consigue en nuestro país, Harvey, en negocios y en política. Ya lo verás.

—No es muy dulce mi fin —dijo Harvey—. ¡Cuatro años estudiando! ¡Ojalá hubiera deseado el ayuda de cámara y el yate!

—No te preocupes, hijo —insistió Cheyne—. Estás invirtiendo capital donde conseguirás buenos beneficios, y creo que nuestra propiedad no habrá disminuido para cuando estés preparado para hacerte cargo de ella. Piensa en ello y me contestas mañana. ¡Deprisa! Llegamos tarde a cenar.

Como era una conversación sobre negocios, no hubo necesidad de que Harvey le hablara sobre ella a su madre, y Cheyne, naturalmente, tenía el mismo punto de vista. Pero la señora Cheyne veía y temía, y estaba algo celosa. Su niño, aquel que no tenía consideración alguna con ella, se había ido, y en su lugar había un joven de rostro inteligente, silencioso, que dirigía la mayor parte de su conversación a su padre. Ella comprendía que eran negocios, y por tanto un tema que se escapaba a sus premisas. Si tenía alguna duda, se resolvía cuando Cheyne iba a Boston y le traía un nuevo anillo de diamantes.

—¿Qué estáis haciendo los dos ahora? —decía ella, con una débil sonrisa mientras se preparaba para retirarse a descansar.

—Hablando, hablando simplemente, mamá. Nada sobre Harvey.

El muchacho intentaba llegar a un acuerdo. Las líneas de ferrocarril, explicaba con gravedad, le interesaban tan poco como los aserraderos, las tierras y las minas. Lo que anhelaba era el control de los barcos veleros que su padre había adquirido recientemente. Si le podía prometer aquello dentro del tiempo que él considerara razonable, él, por su parte, garantizaba diligencia y seriedad en los estudios durante cuatro o cinco años. En vacaciones le iba a permitir tener acceso a todos los detalles relacionados con la línea (no iba a hacer más de dos mil preguntas sobre ella) procedentes de documentos privados de su padre en un remolcador seguro del puerto de San Francisco.

—Trato hecho —dijo Cheyne al final—. Cambiarás de idea veinte veces antes de que termines tus estudios, por supuesto, pero si veo que te puedes hacer cargo de ella, te la traspasaré antes de que cumplas veintitrés años.

—No, no nos dividiremos. Hay mucha competencia en el mundo y Disko dice que «los que llevan la misma sangre tienen que luchar juntos». Su tripulación nunca le abandona. Ésa es la razón por la que hace tan buenos viajes. Bueno, el We´re Here sale hacia Georges el lunes. No se quedarán mucho tiempo en tierra.

—Bueno, nosotros tenemos que irnos también, supongo. He dejado negocios pendientes y es hora de seguir con ellos. Aunque detesto hacerlo. No he tenido unas vacaciones como éstas desde hace veinte años.

—No podemos irnos sin despedirnos de Disko —dijo Harvey—, y el lunes es el Día de los Caídos. Quedémonos hasta entonces.

—¿Qué es eso de los Caídos? Estaban hablando de ello en la casa de huéspedes —dijo Cheyne con voz débil. Tampoco deseaba que se estropearan los días dorados.

—Bueno, por lo que sé, es una especie de acto en el que se canta y se baila, organizado por los veraneantes. Disko no cree mucho en ello, dice, porque recaudan dinero para viudas y huérfanos. Disko es un hombre independiente. Te habrás dado cuenta de ello.

—Bueno, sí, un poco. Entonces es un espectáculo de la ciudad, ¿no?

—La convención lo es. Leen los nombres de los que se han ahogado o han desaparecido desde la última vez, y hay charlas, recitan poemas y cosas así. Disko dice que luego los secretarios de las Sociedades de Ayuda entran en el patio trasero y discuten sobre la pesca. El verdadero espectáculo, dice, es en primavera. Los sacerdotes echan una mano y no hay veraneantes por los alrededores.

—Ya veo —dijo Cheyne, comprendiendo perfectamente por haber nacido y haberse criado para el orgullo ciudadano—. Nos quedaremos hasta el Día de los Caídos y nos marcharemos por la tarde.

—Creo que iré a casa de Disko y le convenceré para que él y la tripulación vayan allí antes de marcharse. Tendré que estar con ellos, por supuesto.

—¡Oh, claro! —dijo Cheyne—. Yo sólo soy un pobre veraneante y tú eres...

—Un banquero... banquero de los pies a la cabeza —dijo Harvey mientras se subía a un tranvía, y Cheyne continuó con sus sueños felices para el futuro.

Disko no solía asistir a funciones públicas donde se pedía dinero por caridad, pero Harvey alegó que se perdería la gloria de aquel día en lo que a él se refería, si el We're Here no estaba presente. Entonces Disko puso sus condiciones. Había oído (es sorprendente como todo el mundo sabe los asuntos de todo el mundo en esa parte de la ciudad que mira al mar), había oído que una actriz de

Filadelfia iba a tomar parte en la función y él sospechaba que contaría «El Viaje del capitán Ireson». Personalmente, sentía tan poco aprecio por las actrices cómo por los veraneantes, pero la justicia es la justicia, y aunque él mismo se había confundido una vez en un juicio (y aquí Dan se rio), no debería tener lugar aquello. Así que Harvey regresó a East Gloucester y se pasó medio día explicando a una actriz divertida de mucha fama en las dos costas, el error que iba a cometer con aquella canción. Ella admitió que era justo como había dicho Disko.

Cheyne sabía por experiencia lo que sucedería. Lo más natural en una fiesta así era la comida y la bebida. Vio a los tranvías dirigiéndose hacia el oeste aquella calurosa mañana brumosa, llenos de mujeres con vestidos de verano y hombres con sombreros de paja, y rostros blancos procedentes de oficinas de Boston; el montón de bicicletas en el exterior de la oficina de correos, el ir y venir de ocupados funcionarios saludándose unos a otros, el lento movimiento de las banderitas en el aire espeso y al hombre pretencioso que con una manguera lavaba con agua abundante la acera de ladrillo.

—Madre —dijo de repente—, ¿no recuerdas que hacían algo parecido en Seattle después del incendio?

La señora Cheyne asintió con la cabeza y miró a la sinuosa calle de forma crítica. Al igual que su marido, comprendía este tipo de reuniones, que eran parecidas a las del oeste, y las compararon. Los pescadores empezaron a mezclarse con la muchedumbre en las puertas del ayuntamiento, portugueses con bonetes azulados, sus mujeres con la cabeza al descubierto o cubierta con un chal; los habitantes de Nueva Escocia de ojos claros, y hombres de las provincias marítimas, franceses, italianos, suecos y daneses. Por todas partes había mujeres de luto, se saludaban unas a otras con orgullo sombrío, porque éste era su día. Y había ministros de muchos credos: pastores de grandes congregaciones, al lado de pastores más humildes; desde los sacerdotes de la iglesia de la Colina a los luteranos barbudos, antiguos marineros, amigos de los hombres de una veintena de barcos. Había propietarios de líneas de goletas, que contribuían a las sociedades, y hombres humildes, dueños de unas embarcaciones empeñadas hasta los mástiles; banqueros y agentes de seguros, capitanes de remolcadores, aparejadores, mecánicos, estibadores, salineros, armadores de barcos y toneleros, toda la heterogénea población de la costa.

Se paseaban por la línea de asientos animados por los vestidos y trajes de los veraneantes, y uno de los funcionarios de la ciudad vigilaba y transpiraba hasta que resplandecía de puro orgullo cívico. Cheyne había hablado con él cinco minutos unos días antes, y entre los dos había un completo entendimiento.

—Bueno, señor Cheyne, ¿qué piensa de nuestra ciudad?... Sí, señora, puede sentarse donde desee... Supongo que habrá algo parecido a esto en el oeste, ¿no?

—Sí, pero no tiene tanta antigüedad.

—Por supuesto. Tendría que haber estado cuando celebramos nuestro doscientos cincuenta aniversario. Le digo, señor Cheyne, que la antigua ciudad no daba crédito de sí misma.

—Eso he oído. Pero ¿por qué no hay en la ciudad un hotel de primera categoría?

—Justo allí, a la izquierda, Pedro. Hay sitio para ti y para tu tripulación... ¿Por qué? Eso es lo que les digo yo siempre, señor Cheyne. Habría mucho dinero, pero supongo que no le afecta. Lo que queremos es...

Una pesada mano cayó sobre su hombro y el exaltado capitán de un barco de cabotaje de Portland le hizo darse media vuelta.

—¿Qué demonios significa que se cumpla la ley en la ciudad cuando todos los hombres decentes están en el mar? ¿Eh? La ciudad está tan seca como un hueso y huele peor que cuando me fui. Podrían habernos dejado un salón para beber.

—Parece que has tenido dificultades con tu alimentación esta mañana, Carsen. Ya me ocuparé de eso más tarde. Siéntate junto a la puerta y piensa en tus razones hasta que regrese.

—¿Qué razones? En Miquelon la caja de champán cuesta dieciocho dólares y... —el capitán se sentó tambaleándose en su asiento cuando un órgano le hizo callar.

—Nuestro nuevo órgano —dijo el funcionario lleno de orgullo a Cheyne—. Nos ha costado cuatro mil dólares. No podremos pagarlo hasta el año que viene. Algunos de nuestros huérfanos ya están preparados para tocar. Mi esposa les ha enseñado a tocar. Le veré más tarde, señor Cheyne; me necesitan en el estrado.

Altas, claras y sinceras, las voces de los niños apagaron los últimos ruidos de aquellos que ya ocupaban sus asientos.

¡Oh, vosotras, obras del Señor, bendecid al Señor, alabadle y magnificadle siempre!

Las mujeres de toda la sala se inclinaron hacia delante para observar cómo las cadencias repetidas llenaban el aire. La señora Cheyne, junto con otras señoras, empezaron a respirar. No podía imaginar que hubiera tantas viudas en el mundo, y de manera instintiva buscó a Harvey. Él había encontrado a la tripulación del We´re Here detrás del público y se había situado, como por derecho, entre Dan y Disko. El tío Salters, que había regresado la noche anterior de Pamlico Sound con Penn, le recibió con recelo.

—¿No se ha ido todavía tu familia? —gruñó—. ¿Qué estás haciendo aquí, muchacho?

¡Oh, vosotras, obras del Señor, bendecid al Señor, alabadle y magnificadle siempre!

—¿No tiene derecho? —preguntó Dan—. Ha estado allí como los demás.

—No con esa ropa —gruñó Salters.

—Cállate, Salters —dijo Disko—. Ha vuelto tu mal genio. Estás bien ahí, Harvey.

Luego se levantó y habló el orador de aquella ocasión, un miembro importante de la municipalidad, y dio la bienvenida de todos a Gloucester, y señaló casualmente en qué superaba Gloucester al resto del mundo. Luego volvió a la riqueza de la ciudad procedente del mar y habló del precio que se tenía que pagar por la cosecha del año. Posteriormente oirían los nombres de los difuntos: ciento diecisiete. (Las viudas miraban fijamente al hombre y luego se miraron unas a otras.) Gloucester no podía presumir de molinos o fábricas. Sus hijos trabajaban por el salario que les ofrecía el mar, y todos sabían que ni en Georges ni en los bancos había pastos para ganado. Lo máximo que aquella ciudad costera podía conseguir era ayudar a las viudas y a los huérfanos, y después de unos cuantos comentarios generales tuvo la oportunidad de dar las gracias, en nombre de la ciudad, a aquellos que con espíritu desinteresado habían participado en la ceremonia.

—No puedo soportar que pidan así —masculló Disko—. No da una idea de nosotros a la gente.

—Si la gente no es precavida y no hace nada cuando tiene oportunidad —contestó Salters—, es natural que tengan que avergonzarse. Apréndete la lección muchacho. La riqueza sólo dura una temporada, si se malgasta en lujos.

—Pero perder todo... todo —dijo Penn—. ¿Qué puedes hacer entonces? Una vez yo... —sus llorosos ojos azules miraban arriba y abajo, como si buscaran algo que los estabilizara...— una vez leí... en un libro, creo... algo sobre un barco que se hundió con su tripulación... Se salvó alguno... y me dijo...

—¡Caramba! —dijo Salters interviniendo—. Lee un poco menos y preocúpate más de tus vituallas; así estarás más cerca de ganarte tu manutención, Penn.

Harvey, metido entre los pescadores, sentía una emoción escalofriante, un cosquilleo que comenzaba en la parte posterior del cuello y terminaba en sus botas. Tenía frío también, a pesar de ser un día agobiante.

—¿Ésa es la actriz de Filadelfia? —preguntó Disko Troop, poniendo mala cara hacia el estrado—. Habrás arreglado lo del viejo Ireson, ¿verdad, Harvey?

No hubo «Viaje del Capitán Ireson», sino una especie de poema sobre un puerto pesquero llamado Brixham y una flota de barcas pesqueras que pescaban con red y luchaban contra una tormenta por la noche, mientras que las mujeres hacían un fuego con todo lo que tenían a mano en el extremo del muelle para que les sirviera de guía.

Tomaron la manta de la abuela,
quien tembló de frío y les dijo que se fueran;
tomaron la cuna del niño,
quien nada podía decirles.

—¡Vaya! —dijo Dan mirando por encima del hombro de Long Jack—. ¡Qué grande!, aunque tuvo que resultar muy caro el fuego.

—El puerto está mal iluminado, Danny —dijo el hombre de Galway.

Y mientras tanto no sabían
si estaban encendiendo una hoguera
o sólo una pira funeraria.

Su maravillosa voz estremeció al público, y cuando ella habló de la tripulación arrojada a la costa por el mar, los vivos mezclados con los muertos, y cuando llevaban los cuerpos a la luz de la hoguera y preguntaban: «Niño, ¿es éste tu padre?» o «Mujer, ¿es éste tu marido?», se podían oír respiraciones profundas procedentes de todos los bancos.

Y cuando los barcos de Brixham
salen a enfrentarse a tempestades,
piensan en el amor que viaja
como la luz sobre sus velas.

Hubo pocos aplausos cuando terminó. Las mujeres buscaban sus pañuelos y muchos hombres miraban fijamente al techo con ojos brillantes.

—¡Hum! —dijo Salters—. Oír esto te costaría un dólar en cualquier parte, o quizá dos. Presumo que algunos podrían permitírselo. Me parece un gasto descarado... ¡Bueno! ¿Cómo ha llegado el capitán Bart Edwardes aquí?

Un hombre de Eastport que estaba detrás de él le dijo:

—Es poeta y nos va a recitar uno de sus poemas.

Lo que no dijo fue que el capitán B. Edwardes había insistido, durante cinco años consecutivos, que le permitieran recitar una de sus composiciones en Gloucester el Día de los Caídos. Una comisión divertida y agotada le había concedido su deseo. La sencillez y la felicidad del anciano, mientras estaba allí vestido con su ropa de los domingos, se ganó al público antes de abrir la boca. Se sentaron sin murmurar a escuchar los treinta y siete versos que describían con todo detalle la pérdida de la goleta Joan Hasken, en Georges, durante un temporal en 1867, y cuando terminó de recitarlos todos gritaron con una sola voz.

Un periodista de Boston con visión de futuro fue en busca de una copia de aquel poema épico y de una entrevista con el autor, así que la tierra no tenía nada más que ofrecer al capitán Bart Edwardes, exballenero, carpintero de barcos, maestro pescador y poeta a los setenta y tres años de edad.

—¡Oh, qué sensibilidad! —dijo el hombre de Easport—. Me he sentido en mi terreno con ese poema mientras lo leía.

El tío Salters hizo uno de aquellos comentarios tan propios de él. Dan estaba a su lado y miró a Harvey.

—¿Qué te pasa, Harvey? —preguntó—. Estás muy callado y tienes un tono verdoso. ¿Te encuentras mal?

—No sé lo que me pasa —contestó Harvey—. Es como si mis entrañas fueran demasiado grandes para mi cuerpo. Me duele y tengo escalofríos.

—¿Dispepsia? Esperaremos a que lean los nombres y luego nos marcharemos para alcanzar la marea.

Las viudas, casi todas de aquella temporada, se sentaron rígidas como las personas a las que van a disparar a sangre fría, porque sabían lo que venía a continuación. Las chicas veraneantes, vestidas con blusas rosas y azules, detuvieron sus disimuladas risas provocadas por el maravilloso poema del capitán Edwardes, y miraron atrás para ver cuál era el motivo de aquel silencio. Los pescadores se empujaron hacia adelante para que el funcionario con el que había hablado Cheyne subiera al estrado y comenzara a leer la lista de las víctimas de aquel año, dividiéndolas en meses. Las víctimas de septiembre eran principalmente hombres solteros y extraños, pero su voz sonó muy clara en el silencio de la sala:

«9 de septiembre: Goleta Florrie Anderson, perdida con toda su tripulación en Georges.

Reuben Pitman, capitán, cincuenta años, soltero, de la calle Mayor de nuestra ciudad.

Emil Olsen, diecinueve años, soltero, calle Hammond, 329, de esta ciudad. Danés.

Oscar Stanberg, soltero, veinticinco años, sueco.

Carl Stanberg, soltero, veintiocho años, calle Mayor de nuestra ciudad.

Pedro, supuestamente de Madeira, soltero, pensión de Keene de nuestra ciudad.

Joseph Welsh, apodado Joseph Wright, treinta años, St. John's, Terranova».

—No... de Augusty, en Maine —gritó una voz de la sala.

—Embarcó en St. John's —dijo el lector comprobando la lista.

—Lo sé, pero era de Augusty.

El lector lo corrigió al margen de la lista y continuó:

«Misma goleta, Charlie Ritchie, Liverpool, Nueva Escocia, treinta y tres años, soltero.

Albert May, calle Rogers, 267, de nuestra ciudad, veintisiete años, soltero.

27 de septiembre: Orvin Dollard, treinta años, casado, ahogado en Eastern Point al caer de un bote».

Esta última mención provocó que una de las viudas se cayera hacia atrás, sentándose agitando las manos. La señora Cheyne, que había estado escuchando con los ojos muy abiertos, levantó la cabeza porque se asfixiaba. La madre de Dan, a unos cuantos asientos de distancia a la derecha, la vio y la escuchó y fue a su lado. La lectura continuó. Cuando llegaron a los naufragios de enero y febrero, los nombres se decían con rapidez y las viudas respiraban entre dientes:

«14 de febrero: Goleta Harry Randolph, muerto de regreso a casa desde Terranova: Asa Musie, casado, treinta y dos años, calle Mayor de nuestra ciudad. Caído por la borda.

23 de febrero: Goleta Gilbert Hope, extraviado en un bote, Robert Beavon, veintinueve años, casado, natural de Pubnico (Nueva Escocia)».

Pero su esposa estaba en la sala. Se oyó un grito ahogado, como si hubieran golpeado a un pequeño animal. Se contuvo enseguida y una muchacha salió de la sala tambaleándose. Durante meses había tenido esperanzas porque sabía que algunas veces, y de forma milagrosa, algunos de los que van a la deriva en botes son recogidos por barcos. Ahora ya estaba segura, y Harvey vio al policía que estaba en la acera pedir un coche para ella. «Cincuenta centavos hasta la estación...», comenzó a decir el conductor, pero el policía alzó la mano..., «pero iba allí de todas formas. Pase. Mire Alf, no me detenga la próxima vez que lleve mis luces apagadas, ¿eh?».

Se cerró la puerta lateral bajo el sol brillante, y la mirada de Harvey volvió de nuevo al lector y a su interminable lista.

«19 de abril: Goleta Mamie Douglas perdida en los bancos con toda su tripulación.

Edward Canton, cuarenta y tres años, capitán, casado, de nuestra ciudad.

D. Hawkins, apodado Williams, treinta y cuatro años, casado, Shelbourne, Nueva Escocia.

G. W. Clay, de color, veintiocho años, casado, de nuestra ciudad».

Y así continuó la lista. Harvey tenía un nudo en la garganta y su estómago le recordaba el día en el que se cayó del barco de pasajeros.

«10 de mayo: Goleta We´re Here (sintió un fuerte cosquilleo en todo el cuerpo). Otto Svendson, veinte años, soltero, de nuestra ciudad. Caído por la borda».

Una vez más un grito sofocado y sollozos se oyeron por la parte de atrás de la sala.

—No debería haber venido ella. No debería haber venido —dijo Long Jack, chasqueando la lengua con pena.

—No te preocupes demasiado, Harvey —dijo Dan resoplando. Harvey oyó estas palabras, pero el resto fue todo oscuridad. Disko se inclinó hacia adelante para hablar a su esposa. Estaba sentada con un brazo rodeando a la señora Cheyne y con la otra mano intentaba tomar las manos llenas de anillos.

—Incline la cabeza hacia abajo... ¡hacia abajo! —susurró—. Terminará enseguida.

—No puedo, no. ¡Oh, déjeme! —la señora Cheyne no sabía muy bien lo que decía.

—Tiene que hacerlo —repitió la señora Troop—. Su hijo se acaba de desmayar. Es algo que sucede en esta etapa de su crecimiento. ¿Quiere que salgamos? Puede salir por este lado. Tranquila. Venga conmigo. Bueno, querida, las dos somos mujeres, supongo. Tenemos que atender a nuestros hombres. ¡Vamos!

Toda la tripulación del We´re Here salió enseguida entre la multitud como si fuera una escolta, y encontraron a Harvey pálido y tembloroso en un banco de la antesala.

—Animad a su madre —fue el único comentario de la señora Troop cuando la madre se inclinó sobre su hijo.

—¿Cómo supones que podía soportar él una cosa así? —gritó indignada a Cheyne, quien no contestó nada—. ¡Ha sido horrible, horrible! No deberíamos haber venido. ¡Ha sido un error y algo cruel! ¡No está bien! ¿Por qué no pueden publicar estas cosas en los periódicos, que es adonde pertenecen? ¿Estás mejor, cariño?

Aquello avergonzó mucho a Harvey.

—¡Oh!, estoy bien, supongo —dijo levantándose con gran dificultad y sonriendo—. Me ha tenido que sentar mal algo que comí en el desayuno.

—El café, quizá —dijo Cheyne, cuyo semblante se había endurecido, como si lo hubieran tallado en bronce—. No regresaremos.

—Creo que es hora de bajar al muelle —dijo Disko—. El aire fresco le sentará bien a la señora Cheyne.

Harvey aseguró que nunca se había sentido tan bien en su vida, pero hasta que no vio al We´re Here, ya libre de las manos de los estibadores en él muelle de Wouverman, sus sentimientos se convirtieron en una extraña mezcla de orgullo y pena. Otras personas (veraneantes y gente de esa clase) paseaban en laúdes o miraban al mar desde los rompeolas, pero él comprendía las cosas desde el interior, más cosas de las que podía empezar a pensar. A pesar de todo, podría haberse sentado a gritar porque se marchaba la pequeña goleta. La señora Cheyne seguía llorando a cada paso del camino, y decía cosas extraordinarias a la señora Troop, quien la «mimó» hasta que Dan, a quien no había «mimado» desde que tenía seis años, lanzó un silbido.

Y así se embarcó la vieja tripulación de la vieja goleta entre botes (Harvey se sentía el marinero más viejo). Harvey soltó las amarras del rompeolas, y deslizaron la goleta fuera del muelle con las manos. Todos querían decir mucho, pero nadie dijo nada en particular. Harvey le pidió a Dan que cuidara de las botas de agua del tío Salters y del ancla del bote de Penn, y Long Jack pidió a Harvey que recordara sus lecciones de navegación, pero las bromas no hacían mucha gracia en presencia de las dos mujeres y es difícil ser gracioso cuando las verdes aguas del puerto separan a dos buenos amigos.

—¡Iza el foque y la mayor! —gritó Disko mientras se dirigía al timón—. Te veré pronto, Harvey. Pensaré mucho en ti y en tu familia.

Poco después la goleta se había alejado tanto que ya no se podía oír nada y se sentaron a observar cómo salía del puerto. Y la señora Cheyne continuaba llorando.

—¡Bah!, querida —dijo la señora Troop—. Somos mujeres. No aliviará su corazón llorando. Dios sabe que nunca ha hecho nada bueno por mí, pero sí sabe que tengo mucho por lo que llorar.

Pasaron algunos años y, en el otro extremo de América, un joven cruzaba una calle cubierta por la húmeda niebla del mar y azotada por el viento, una calle flanqueada de casas caras construidas en madera imitando piedra. Mientras estaba al lado de una verja de hierro forjado, entró a caballo otro joven, y el caballo hubiera sido barato de haber costado mil dólares. Esto fue lo que hablaron:

—¡Hola, Dan!

—¡Hola, Harvey!

—¿Qué noticias traes?

—Bueno, en este viaje me he convertido en esa especie de criatura que se llama segundo oficial de cubierta. ¿Todavía estás en ese colegio?

—Estoy abriéndome camino. Te diré que Leland Stanford Junior no es como el We're Here, pero voy a empezar en el negocio el próximo otoño.

—¿Te refieres a nuestros barcos?

—Los mismos. Espera a que le hinque el diente, Dan. Voy a hacer que esa vieja línea caiga a mis pies y la haré gritar cuando me haga cargo de ella.

—Me arriesgaré —dijo Dan con un gesto amistoso mientras Harvey desmontaba del caballo y le preguntaba si iba a quedarse.

—Para eso mandé el cable. Pero, dime: ¿Está por ahí el doctor? Ahogaré a ese negro loco algún día. Él y sus malditos chistes.

Se oyó una risita de triunfo cuando el antiguo cocinero del We're Here surgió de la niebla para tomar las riendas del caballo. No permitía que nadie más atendiera a Harvey en sus necesidades.

—Tan espesa como en los bancos, ¿eh, doctor? —dijo Dan aplacado.

Pero el celta, negro como el carbón, con esa segunda visión de las cosas que poseía, no contestó hasta que le dio a Dan una palmada en el hombro, y por vigésima vez le dijo al oído con ronca voz la vieja profecía:

—Amo... siervo. Siervo... amo —dijo él—. ¿Recuerdas lo que te dije en el We´re Here, Dan Troop?

—Bueno, no voy a negar que así parece ahora —dijo Dan—. El We´re Here era una gran goleta, y yo le debo mucho a ella... y a mi padre.

—Yo también —aseguró Harvey Cheyne.

ÍNDICE